共和国故事

深切关怀

退休养老与社会保险制度改革正式启动

何 森 编写

吉林出版集团有限责任公司

图书在版编目（CIP）数据

深切关怀：退休养老与社会保险制度改革正式启动/何森编.

—长春：吉林出版集团有限责任公司，2009.12

（共和国故事）

ISBN 978-7-5463-1891-2

Ⅰ．①深… Ⅱ．①何… Ⅲ．①纪实文学－中国－当代 Ⅳ．①I25

中国版本图书馆 CIP 数据核字（2009）第 237731 号

深切关怀——退休养老与社会保险制度改革正式启动

编写　何森

责编　祖航

出版发行　吉林出版集团有限责任公司

印刷　北京楠海印刷厂

版次　2011 年 3 月第 1 版	**2016年3月第9次印刷**	
开本　710mm×1000mm　1/16	印张　8　字数　69 千	
书号　ISBN 978-7-5463-1891-2	定价　29.80 元	
社址　长春市人民大街 4646 号	邮编　130021	
电话　0431－85618720	传真　0431－85618721	
电子邮箱　sxwh00110@163.com		

前　言

　　自 1949 年 10 月 1 日中华人民共和国成立至今，新中国已走过了60年的风雨历程。历史是一面镜子，我们可以从多视角、多侧面对其进行解读。然而有一点是可以肯定的，那就是，半个多世纪以来，在中国共产党的领导下，中国的政治、经济、军事、外交、文化、教育、科技、社会、民生等领域，都发生了深刻的变化，中国人民站起来了，中华民族已屹立于世界民族之林。

　　60 年是短暂的，但这60年带给中国的却是极不平凡的。60 年的神州大地经历了沧桑巨变。从开国大典到 60 年国庆盛典，从经济战线上的三大战役到经济总量居世界第三位，从对农业、手工业、资本主义工商业的三大改造到社会主义市场经济体制的基本确立，从宜将剩勇追穷寇到建立了强大的国防军，从废除一切不平等条约到独立自主的和平外交政策，从"双百"方针到体制改革后的文化事业欣欣向荣，从扫除文盲到实施科教兴国战略建设新型国家，从翻身解放到实现小康社会，凡此种种，中国人民在每个领域无不留下发展的足迹，写就不朽的诗篇。

　　60 年的时间在历史的长河中可谓沧海一粟。其间究竟发生了些什么，怎样发生的，过程怎样，结果如何，却非人人都清楚知道的。对此，亲身经历者或可鲜活如昨，但对后来者来说却可能只是一个概念，对某段历史的记忆影像或不存在或是模糊的。基于此，为了让年轻人，特别是青少年永远铭记共和国这段不朽的历史，我们推出了这套《共和国故事》。

《共和国故事》虽为故事，但却与戏说无关，我们不过是想借助通俗、富于感染力的文字记录这段历史。这套 500 册的丛书汇集了在共和国历史上具有深刻影响的 500 个重大历史事件。在丛书的谋篇布局上，我们尽量选取各个时代具有代表性的或深具普遍 意义的若干事件加以叙述，使其能反映共和国发展的全景和脉络。为了使题目的设置不至于因大而空，我们着眼于每一重大历史事件的缘起、过程、结局、时间、地点、人物等，抓住点滴和些许小事，力求通透。

历史是复杂的，事态的发展因素也是多方面的。由于叙述者的视角、文化构成不同，对事件的认知或有不足，但这不会影响我们对整个历史事件的判断和思考，至于它能否清晰地表达出我们编辑这套书的本意，那只能交给读者去评判了。

这套丛书可谓是一部书写红色记忆的读物，它对于了解共和国的历史、中国共产党的英明领导和中国人民的伟大实践都是不可或缺的。同时，这套丛书又是_套普及性读物，既针对重点阅读人群，也适宜在全民中推广。相信它必将在我国开展的全民阅读活动中发挥大的作用，成为装备中小学图书馆、农家书屋、社区书屋、机关及企事业单位职工图书室、连队图书室等的重点选择对象。

编 者

2010 年 1 月

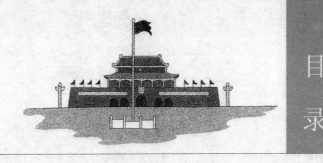

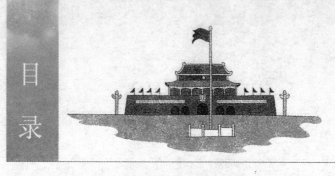

一、改革探索

● 赵振华说："最重要也是最难的便是如何在养老保险制度中充分平衡国家、企业及个人的利益，但最终，还是要把劳动者的晚年保障放在首位。"

● 于光汉说："由于生活有保障，体制不断增强，我国健康长寿的越来越多，认得平均寿命逐步提高。"

● 于光汉指出：老龄问题是个重大的社会问题，它的涉及面广，需要有关部门通力协作，共同努力，采取行动。

全国人大批准两项社会保障办法

1978 年 5 月 24 日，第五届全国人民代表大会常务委员会第二次会议在北京召开。

这次会议原则批准《关于工人退休、退职的暂行办法》和《关于安置老弱病残干部的暂行办法》。

《关于工人退休、退职的暂行办法》规定：

工人退休、退职的时候，本人及其供养的直系亲属前往居住地点途中所需的车船费、旅馆费、行李搬运费和伙食补助费，都按照现行的规定办理。退休、退职工人本人，可以继续享受公费医疗待遇。工人的退休费、退职生活费，企业单位，由企业行政支付；党政机关、群众团体和事业单位，由退休、退职工人居住地方的县级民政部门另列预算支付。工人退休、退职后，到城镇街道、农村社队后，街道组织和社队要加强对他们的管理教育，关心他们的生活，注意发挥他们的积极作用。

《关于安置老弱病残干部的暂行办法》规定：

离休、退休、退职干部本人，可以享受与所居住地区同级干部相同的公费医疗待遇。规定发给的退休费、退职生活费，企业单位，由企业行政支付。党政机关、群众团体和事业单位，就地安置的，由原工作单位负责；易地安置的，分别由负责管理的组织、人事和县级民政部门另列预算支付。

这个阶段的社会保障制度是典型的企业保险，主要是维持、巩固和完善这种制度模式。所有的个人福利与生老病死都由企业负担，从这个意义上讲，这个阶段的保险是企业保险，而不是社会保险。

社会保障制度的建立，主要目的还是为了解决历史遗留问题和恢复养老保障制度。与此同时，这一阶段的一些改革措施也积极促进了企业保险向社会保险的转变。

1978 年，中国进行经济体制改革以后，政府针对养老保险制度存在的弊端进行了一系列改革，主要是实行养老保险费用社会统筹，建立劳动合同制工人养老保险制度，养老保险基金实行国家、企业和个人三方负担，引入个人缴纳养老保险费机制，探索建立国家基本养老保险、企业补充养老保险和个人储蓄性养老保险多层次的养老保险体系。

曾任天津市劳动和社会保障局农村社会保险处处长的赵振华是我国著名的社会保险专家。从 20 世纪 80 年代起，赵振华参与国家社会保险改革的有关工作，并作为"国务院社保改革领导小组"成员之一参与了养老保险、医疗保险、工伤保险等条例的制定。

赵振华后来回忆专家组制定有关养老保险条例时的情形说：

> 最重要也是最难的便是如何在养老保险制度中充分平衡国家、企业及个人的利益，但最终，还是要把劳动者的晚年保障放在首位。
>
> 改革开放后，形势发生了重大变化。社会保障不但"排上了队"，而且成了劳动保障部门最重要的工作之一。而养老保险则是在改革开放之初便率先进入国家政策的一项社会保障。

国家于 1978 年出台了《国务院关于安置老弱病残干部的暂行办法》和《国务院关于工人退休、退职的暂行办法》。对于中国养老保险未来改革和发展的趋势，赵振华认为：

> 应进一步扩大养老保险覆盖面。扩大覆盖面的重点是外商投资企业、私营企业和个体工商业者，此外还包括在城镇企业工作的农民工和临时工，加强养老保险基金征缴。

国家颁布的两项规定，受到了老百姓的拥护和欢迎。李继东在天津市一家国有企业干了40多年的铸造工，于20世纪80年代退休，当时退休费和医疗费都还由单位负担，可后来单位不景气了，不但医疗费报销不了，就连退休费的正常发放也成了问题。

　　20世纪80年代中期以前，天津市养老保险、医疗保险等社会保障一直由职工所在单位负责实施。

　　随着人口的老龄化，领取基本养老金和报销医疗费的离退休人员猛增，加上部分国有企业效益下滑，一些企业的离退休职工养老金和医疗费以及在职职工的医疗费难以支付。

　　为了改革从计划经济延续下来的养老金由企业自行负担的企业保险格局，天津市从20世纪80年代中期就开始养老保险制度改革，自1987年开始建立城镇企业职工养老保险社会统筹制度，1998年企业养老保险实现全市统筹。

中国加快养老保险制度改革

1981 年 10 月 19 日，亚洲太平洋地区一些国家、地区的代表和学者们，在马尼拉集会，为老年人问题世界大会做地区性准备。

会议期间，世界大会秘书长柯里根介绍了世界老龄问题的背景。与会代表认为加强家庭内部的团结是处理好老年人问题的非常重要和有效的办法。

出席这次会议的各国代表都对中国代表团团长魏恒仓的发言感兴趣。他们纷纷前来向中国代表团祝贺，索取书面材料。

中国代表介绍，中国人民历来就有赡养老人、尊敬老人、爱护老人的传统美德，建国后发展成为一整套以家庭为主的、集体和国家共同照顾老年人的国家制度和社会道德风尚。

在当时，中国人民的生活水平虽然不高，但老年人不愁吃穿，生活安定，和儿孙在一起共享天伦之乐；许多退休职工还通过对青年一代的"传帮带"，继续对国家和社会作出贡献。出席会议的代表把这一套称为解决老年人问题的"中国方向"。

有的说："以中国为代表的亚洲方式，是全世界解决老年人问题的正确道路。"

柯里根秘书长说，随着各国的工业化和都市化，许多国家的家庭趋向于瓦解，对老年人产生可悲的后果。他表示："希望中国在建设现代化国家的同时，创造出一套良好的家庭关系和正确对待老年人的榜样。这将是对人类的一大贡献。"

1981年以后，中国加快了养老保险制度改革。

上海从1982年起试办集体企业职工养老年金和医疗保险业务。凡参加保险单位的职工生病就医、年老退休、死亡丧葬都可以得到保险公司的物质帮助，从而使一些没有劳保待遇单位的职工可以解除后顾之忧，安心从事本职工作。

养老年金保险费，每人每月分为5元、10元、15元三档，由集体企业选定其中一个收费标准。不同的收费标准，将来职工退休后每月领取的养老年金也不同。医疗保险费每人每月为3元。上述费用全部由企业按月付给保险公司。参加保险单位的职工患病时，医疗费的70%可向保险公司报销，30%由本人负担。

当时，闸北区北站街道已经参加保险的11个集体企业的职工已开始享受医疗等保险待遇。

随着农业生产的迅速发展，我国农村享受养老金的老年社员逐年增加。

上海、天津、广东、江苏、北京、云南、浙江、辽宁、黑龙江、河北、陕西11个省、市，有3400多个大队实行养老金制度，1982年已有42万多名老年社员领取养老金，比1980年享受养老金的人数增加了一倍。

实行养老金制度的大队，根据集体经济的发展情况和社员参加集体劳动的年限，确定享受养老金社员的年龄和具体金额。一般规定年满65周岁的男社员和60周岁的女社员享受养老金，每月10元至15元左右。

实行养老金制度，是我国农村社会保险的一种好形式，有利于解除老年社员的后顾之忧和破除"养儿防老"的旧观念，有利于促进计划生育工作，体现了社会主义制度的优越性，受到广大干部和群众的欢迎。

老年社员高兴地说："我们农民也有了养老金，没有共产党的领导，哪能有今天！"

于光汉出席老龄问题国际会议

1982 年 7 月 26 日，联合国老龄问题世界大会在维也纳开幕。

早在 7 月 22 日，美国 5000 多名老人在底特律集会，谴责美国里根总统削减社会福利经费。

7 月 26 日下午，出席大会的中国代表团团长于光汉在发言中指出，敬老、爱老、养老是中华民族的优良传统。他谈了中国在解决老龄问题方面所采取的各种措施，并表示愿向其他国家吸取经验。

他说，当前，中国人口结构还比较年轻。据不完全统计，中国 60 岁和 60 岁以上的老年人，1953 年约有 4000 多万人，占总人口的 7％；1980 年根据部分地区调查推算，约有 8000 万人，约占 8％。

于光汉说：

> 中国是个具有几千年文明历史的国家，敬老、爱老、养老是中华民族的优良传统。建国以来，随着社会主义制度的建立，物质和精神文明的建设，这种优良传统进一步得到发扬。在我国，今天的老年人，绝大多数就是昨天的劳动者。他们对社会的发展，都作出过自己的

贡献，也积累了丰富的经验。通过他们对青年一代的"传、帮、带"，对现代以至将来的物质和精神文明建设，都将继续发挥作用。而且，今天的青年，就是明天的老人。因此，敬老、爱老、养老，是完全应该的，也是我们应尽的义务；老年人在家庭里和社会上受到尊敬、爱护和赡养，是受之无愧的，也是他们应有的权利。

于光汉在介绍了中国在保障城乡老年人的生活、健康方面采取的一些措施之后说：

> 由于生活有保障，体质不断增强，我国健康长寿的越来越多，人的平均寿命逐步提高。据统计，百岁以上的老人，1953 年有 3384 人，1978 年有 7000 人。据全国若干地区的调查，人的平均寿命，1957 年为 57 岁，1980 年为 69 岁。

于光汉说："如何发挥老年人的作用，使他们继续为社会发展作出贡献，是老龄问题的一个重要方面。"他接着谈到农村中的年老社员、企事业单位的退休职工、中央和地方机关中的老干部如何以不同的方式为社会作出贡献。

于光汉指出：老龄问题是个重大的社会问题，它的涉及面广，需要有关部门通力协作，共同努力，采取行动。配合今年老龄问题世界大会的召开，我国已建立了由 20 个单位组成的全国委员会，由有关的政府部门、科研单位、群众团体和新闻宣传机构的司局级以上领导干部担任委员，在全国范围内组织协调有关活动。当前已制订出老龄问题的活动计划要点，从行政措施、科学研究、宣传教育和群众工作等方面，通过参加委员会的有关单位，分别制订具体行动计划，逐步开展活动。

于光汉强调说：

> 解决老龄问题，开展有关活动，各国应从本国情况出发，以自力更生为主，同时，进行双边或多边的技术合作和技术援助，也是必要的。我们建议，联合国有关机构在组织这些技术合作和技术援助时，特别对发展中国家给予更多的关注。

当年春节前夕，中国老龄问题全国委员会主任于光汉发表谈话说，在春节期间，应当教育全国人民，把敬老、爱老、养老列为建设社会主义精神文明，开展"五讲四美"活动的重要内容。

开办养老保险地方统筹试点

1983 年 10 月，国家社会保险有关主管部门在郑州召开全国保险福利工作会议，这次会议提出了开展全民所有制单位退休费用实行社会统筹的任务。

所谓养老保险地方统筹，是指按照行政区域划分，各省（自治区、直辖市）、市（地、市）县（区县）社会保险主管部门分别建立所属的社会保险经办机构，辖区内的各类单位和职工按规定向当地社会保险经办机构缴纳养老保险费。

20 世纪 80 年代，我国退休职工大量增加，退休费用也相应增大，新老企业之间退休费用负担不均衡的矛盾越来越突出。

有些纺织、粮食、盐业、搬运等行业中的老企业，退休费用相当工资总额的 50% 以上，个别企业甚至超过工资总额；如四川自贡市的五大盐厂，退休费用相当工资总额的 69%。

因此，退休费用由企业直接支付的办法，已经不能适应形势发展的需要，而且带来了很多问题，难以保障退休职工的生活。特别是一些严重亏损的企业，因无力支付退休费，不得不减发、停发退休费，经常引起退休职工上访，甚至发生退休职工自杀的事件，影响了社会安定。

随着改革开放步伐的加快，企业要参加市场竞争。一些退休费用负担重的企业，不可能与其他企业在同等条件下开展竞争，影响了这些企业的活力，也影响在职职工与离退休人员的团结。例如，广东省东莞市，统筹前城镇搬运站因退休费负担过重，影响了正常的工资发放，曾引起搬运站工人罢工。

以上情况说明，退休费用由各单位自己支付，不仅会影响离退休职工的正常生活，也给经济改革带来了严重影响，更不利于社会的安定，必须进行改革。

针对上述情况，自 1982 年以来，中央、国务院的领导同志多次指出，要改革退休制度，实行社会保险。

1983 年 10 月 1 日，中国人民保险公司发布《城镇集体经济组织职工养老金保险试行办法》，"办法"规定：

第八条　被保险人女满五十五周岁（或按规定应五十周岁退休的）、男满六十周岁，经组织批准退休，从退休次月起向保险公司领取本办法第九条或第十条规定的给付金额。

第九条　被保险人退休时交费满十足年以上者，可按参加本保险后的交费标准和交费年期，每月领取所规定的养老金。整个交费期间交费标准如没有增减变动，领取标准见表一，按规定应五十周岁退休的女性被保险人，领取标准见表四。如中途有增减变动，领取标准需重新计算。

试行办法中的表一、表四分别列出了不同被保险人的领取标准。

1984年，国有企业职工退休费用社会统筹，首先在广东省江门市、东莞市，四川省自贡市，江苏省泰州市以及辽宁省黑山县开始试点，初步取得了成功的经验，开创了养老保险地方统筹的先例，并逐步在全国推广。

1984年2月，沈阳市已有453家集体企业与沈阳市保险公司签订了职工养老金保险协议，解除了集体企业职工退休后的后顾之忧，还为国家积累了大量资金。

集体企业职工养老保险基金共分4个档次，最低档每人每月交5元，最高档交15元。企业根据本单位的经济条件，按政策规定，每年从税前利润中提取一部分金额作为保险基金交给保险公司。

职工退休后，保险公司按企业每月交费的档次，存期的长短付给退休金。以第三档次为例，企业要为每个职工每月交纳10元养老保险基金，连续交费30年后，退休职工每月可领取退休金64元。

集体企业参加养老金保险，交的保险基金多，职工退休后所得的退休金就多。这种把职工将来的退休金与当前的劳动成果和企业的经济效益挂钩的办法，调动了广大职工的积极性。

广西柳州市黄村乡河西大队有 218 位老人从 1984 年 10 月份起领取养老金。

河西大队人多地少，过去生产门路少、收入低，对老人的照顾心有余而力不足。当时，这个大队积极开展工副业生产，收入逐年增加。

1984 年 9 月底，全大队 14 个生产队集资 90 万元，在闹市区办起了该市第一家农民饭店雅莲饭店。11 月初，经全大队社员代表大会讨论，决定给老年社员发放养老金。

1984 年 6 月，江苏原省劳动局、省人保公司、财政厅、卫生厅、总工会联合下发了《关于在城镇集体经济组织中试行职工养老金和医疗保险的通知》，对尚未实行劳动保险办法的集体企业职工，按照"国家资助、企业多纳、个人少出"的原则，建立养老金保险。

同年 9 月 12 日，《江苏省政府批转省劳动局〈关于改革县、区属以上城镇集体企业劳动、工资制度的意见〉的通知》，明确要求职工参加养老金保险。

1985 年 6 月 6 日，《江苏省政府批转省劳动局〈关于全民所有制单位试行劳动合同制的意见〉的通知》明确规定，全民企、事业单位合同制工人实行社会养老金保险制度。

至此，江苏省在全国范围内较早建立了新招劳动合同制职工"三方"负担养老保险费用的社会养老金保险制度。

辽宁盖县第二轻工业局在企业改革中，注意研究新问题，积极采取措施，使老干部工作制度化、规范化，保证了中央提出的离休干部"政治待遇不变，生活待遇略为从优"的方针得到落实。

盖县二轻系统除一个是国营企业外，其余都是集体企业，家底较薄，资金困难。随着改革的深入，企业由统负盈亏改为自负盈亏，一些领导整天忙于生产，一度忽视了老干部的工作，对老干部关心不够。他们除了逢年过节派人送几张年画和挂历外，其余就没有什么活动了。为此，一些老干部有意见。

针对这个问题，局领导建立了走访制度，每年春秋两季到老干部家访问，征求意见，发现问题及时解决，机关上下形成了尊老敬贤的风气。

局里一些重大决策，都听取老干部的意见；举行重大活动，老干部特殊照顾；建立老干部健康卡片，配备一名有经验的医生，专门为老干部服务；每星期一局机关小浴池专门为老干部开放；为老干部建立游艺活动室；每月发给3元书报费订一份党报和自己喜爱的杂志。

为了增加老干部的福利待遇，又不增加国家和企业的负担，他们还成立了为老干部服务的综合公司，在国家政策允许的范围内进行经营，做到"以老养老"，老有所为。做好了"老有所养"的工作，老干部心情就舒畅了。他们有的自愿担任了居民委员会的工作，有的担任义务物价员，有的担任义务治安员，还有的担任了清洁员，既活动了筋骨，又为社会提供了服务。

试行农民合同工养老保险制度

1985 年，南京市建工局在行业改革中研究新问题，试行国营企业中农民合同工的养老金保险办法，解决了这部分职工"老有所养"的问题。

南京市建筑业国营企业实行弹性用工制度以来，从郊县招用农民合同工插到生产班组，形成了一支年轻力壮、能吃苦耐劳的队伍。

1985 年 12 月，市属 3 个公司共有农民合同工 5600 名，占职工总数的 33%，占生产第一线工人的 50%。大量使用合同工，促进了管理制度上的改革，便于机动组织施工队伍，减轻了企业在职工住房、家属安排等后勤服务方面的负担。大批农民工在国营企业中迅速成长为施工、技术骨干。

市建三公司 236 个生产组中就有 140 个是农民工担任组长。但是在旧规章下，长期在同一个班组的职工，固定工退休后可享受工资额 75% 的劳保金，农民工则拿不到一分钱，影响了他们的积极性。

针对这一问题，市建工局在市劳动、财政、银行、保险等部门协同配合下，制定了《农民合同工（插班）养老金保险试行办法》，于 7 月在市属企业实行。

这个"办法"主要包括：

农民合同工以目前进入企业的年限划分为3个档次，每月分别交付7.5元、10元和12.5元的养老保险金，退休后即可根据交保档次和工作年限，分别领取每月25.5元至150元的养老金。养老金支出总额中个人投保部分约占20%，企业负担约80%。

到1985年12月，江苏省有35万集体企业职工参加了养老金和医疗保险，享受到病有所医、老有所养的劳保待遇。

江苏省的养老金和医疗保险制度，实行"国家资助、企业多纳、个人少出"的原则，企业和个人每月交一定数量的保险金，当职工生病和退休时，由保险公司支付医疗费和退休金。

参加保险的职工每人每月只需交付5角至1元的保险金，如交满30年，在退休以后即可每月领取70元左右的退休金。

自1982年开办集体所有制单位职工养老金保险以来，截至1985年3月底，全国已有1.9万多个单位的80万名职工参加了保险，累积保险基金达6000多万元。

集体所有制单位职工养老金保险，是由单位作为投保人。单位可根据本身的经济条件，依照国家政策规定，按职工人数，每年从税前提取一定数额的保险费，交保险公司作为养老保险基金。待职工退休后，保险公司根据职工参加保险时间的长短和交纳保险费的多少，发给退休职工养老金。

这样，把单位每年变化的退休费用支出变为稳定的保险费支出，从而避免了单位经营不善发生亏损后，无法支付职工退休费用的情况。同时解决了退休人员增加，在职职工人数与退休人员间的比例不断缩小，单位负担愈来愈重的问题。

国务院发布改革劳动制度通知

1986 年 7 月 12 日，国务院发出《关于发布改革劳动制度四个规定的通知》，国家对劳动合同制工人退休养老实行社会保险制度。

"通知"说：

> 退休养老基金的来源，由企业和劳动合同制工人缴纳。企业缴纳劳动合同制工人工资总额的 15% 左右，税前列支。劳动合同制工人缴纳不超过本人标准工资的 3%。

> 养老金不够支付时，国家给予适当补助。退休给付标准，根据缴纳退休养老基金年限长短、金额多少和本人一定工作期间平均工资收入的不同比例确定。

这样，全国再次掀起改革退休制度的高潮。

浙江省退休基金统筹改革试点温岭县，对全县 91 家全民企业实行退休基金统筹制度，取得了显著的成效。

温岭县退休职工人数剧增，由于退休职工的分布很不平衡，商业、粮食、供销等企业高于工业企业，老企业高于新企业，因此造成企业退休费负担不均现象。

早在 1984 年 12 月，全县全民企业实行了退休基金统筹制度，本着"以支定收，略有积余"的原则，以职工的工资总额与退休费之和为基数，根据各企业的具体情况分别按比例提取退休基金，一年一定，到期调整。所提取的退休基金在统筹单位之间统一调剂使用。

实行这一制度后，保障了退休职工的切身利益，解除了在职职工的后顾之忧，减轻了老企业的负担。1985年上半年，全县对 18 家企业补贴退休基金 4.5 万元。

实行退休基金统筹以后，减轻了企业的负担，安定了人心。

当时，国家计委邀请专家学者和有关部门的经济工作者座谈讨论的情况表明：我国人口年龄结构正向"老年型"过渡，到 20 世纪末将成为"老年型国家"。对此，专家们提出，国家有关部门要高度重视，及早研究，提出相应的对策，解决由此带来的养老保险等一系列问题。

人口老龄化是世界人口发展的趋势。国际上公认，一个国家 65 岁以上人口占总人口比重达到 7% 或 60 岁以上人口达到 10%，即为老年型国家。据我国 1982 年第三次人口普查资料，65 岁以上人口占总人口比重为 4.9%，60 岁以上人口比重为 7.7%。专家预测，到 2000 年，我国 65 岁以上人口的比重将上升到 7.4%，60 岁以上人口比重将上升到 10.7%。专家们分析我国人口老龄化的特点：一是速度快；二是数量多，为世界仅有；三是分布不均衡，如上海市人口 1982 年已进入"老年型"。随之而来的是，人口抚养构成将发生明显变化，处于劳动年龄的人抚养的少年儿童明显减少，而赡养的老人则显著增加。

人口老龄化是社会经济发展进步的一种表现，同时，它又对社会经济发展产生广泛而深刻的影响。当时，有关方面负责人和专家认为，我国对老龄化问题的认识还很不足，而养老保险方面又存在制度不健全、渠道不正常、办法单一、社会化程度低等问题，企业负担畸轻畸重，不仅不能为退休高峰的到来做必要的准备，对搞活企业、发展生产也十分不利。城镇集体经济、个体经济、乡镇企业日益增多的从业人员和广大农民，至今基本上没有一个筹集养老保险基金的办法。

中央领导对人口老龄化和社会保险问题十分重视，指出这是改革中必然提出和必须予以配套改革的重要方面。

专家们提出，建立新的养老保险制度，需要结合国民经济和社会发展情况，从人口多、底子薄的实际情况出发，既体现社会主义制度的优越性，又与现实的生产力发展水平相适应，按照有利生产、保障生活的原则，依靠国家、企业、个人三方面的力量，研究制定有关政策法令，建立正常的筹集养老保险基金的渠道和管理机构，使养老保险工作逐步社会化、科学化、法制化。

二、 积极推广

- 曹裕丰回忆说:"当时参保条件限制比较多,但大家参保的积极性却很高,到劳动保险公司办手续的人络绎不绝。"

- 垫圈厂地工人们高兴地说:"我们也可以同城市工人一样,没有后顾之忧了。"

- 退休老工人黄士章高兴地说:"我们集体企业有了养老保险,再不为生活费担忧了。"

推进离退休养老制度改革

1986 年 1 月 8 日，原国家体改委、劳动人事部《转发无锡市实行退离休职工养老保险统筹制度的通知》充分肯定江苏省试点经验，向全国推广了这一办法。

"通知"指出：

目前，城镇企业退离休职工养老保险费用负担畸重畸轻的现象十分突出，已成为亟待解决的社会问题和经济问题。无锡市自 1985 年初以来，实行了以市为单位统筹退离休职工养老保险费用的改革。该市的这一改革，方向正确，办法稳妥，是成功的。受到国务院领导同志的赞许。

无锡市是一个工商业比较发达的城市。老企业比较多，退离休职工比较多。为了改变当时新老企业负担退离休职工养老保险费用畸轻畸重的现象，使企业有一个平等的竞争环境，实现退离休职工的养老保险由企业保险向社会保险转变，1985 年以来，无锡市在国营企业中实行了退离休职工养老保险费统筹办法，受到普遍欢迎。

全市 14 个行业、487 户国营工交、商贸企业，除 7

家部、省属企业外，都已参保。参加的企业达企业总数的98.5%；参加统筹的企业的在职职工21.4万人，退离休职工5.23万人，退离休职工占在职职工数的24.4%。

初步实践表明，这一统筹办法，有利于搞活城市经济、搞活企业。因此，1986年下半年开始，这一办法已推向集体所有制企业。

建国以后，党和政府对国营企业职工实行了退休养老保险制度，使年老职工退休以后生活得到保障，生老病死者有依靠，能够安度晚年。这一制度作为工人阶级当家做主、政治和经济上彻底翻身的一大象征，长期以来受到人民群众的称颂，对巩固工人阶级领导的人民民主专政，调动工人阶级的积极性，昭示社会主义制度的优越性，发挥了重大的历史作用。

但是随着时间的推移，特别是我国实行经济体制改革以来，这一制度日益显露出不完善和不适应。从无锡市的情况看，当时的退离休职工养老保险制度出现了一些弊病。

退离休职工养老保险费用是企业承担的一种经常性的社会负担。新老企业由于职工队伍年龄构成的不同，在不同的行业、企业之间，呈现了退离休职工保险费用负担畸轻畸重的现象。

无锡市纺织和丝绸两个老行业的退离休职工保险费用占在职职工工资总额的40%以上，粮食行业占48.5%，而新兴的电子行业，由于新办企业多，退离休职工少，只占到 5.8%。退离休职工养老保险费用，作为历史现象，是企业不能回避的一种社会负担，客观上要求企业均衡负担，而现行保险制度不能做到这一点，这是一大弊病。

国营企业是相对独立的商品生产者和经营者，除共同承担着为社会创造财富，为国家提供积累的任务以外，有各自相对独立的经济利益，在社会主义有计划的商品经济中，彼此既是合作的伙伴，又是竞争的对手。国营企业的这一性质和地位，要求有平等的竞争环境，在同一起跑线上竞争。

当时的退离休职工的保险制度，使企业负担的退离休费用畸轻畸重，不利于对企业经济效益的正确考核，不利于企业的平等竞争。同时，由于退离休职工的费用会冲减企业的利润，影响到企业留利，从而影响到在职职工的生活福利，不可避免地会影响企业在职职工的积极性。

因此，1982 年以后，无锡市大胆地迈出了退休制度改革的步伐。

为了克服现行制度的弊端，无锡市对养老保险制度的改革几经摸索和探求，1985 年初以来，在一系列经济改革措施的启示下，在国营企业利改税第二步措施的推动下，找到了对退离休职工养老保险费用实行统筹的办法，迈出了带有突破性的一步。

市冶金、机械、电子、纺织、轻工、化工、医药、交通、建材、物资、商业、粮食、外贸等部门所属的经济独立核算的全民所有制为主体的国集联营企业，均参加退休职工养老保险统筹。

参加统筹的企业，暂按在职职工工资总额的 23% 向市统筹委员会交纳统筹基金。如遇国家对离休、退休职工待遇或职工结构有重大变动，由市统筹委员会报请市人民政府批准调整统筹基金交纳标准。统筹费的收缴以企业为单位，按月提取，于每月 5 日前一次解缴市国营企业退休职工劳动保险委员会统筹基金专户。逾期基金在企业利润—营业外支出—劳动保险费中开支。逾期解缴按日加收千分之一点一滞纳罚金，滞纳罚金在企业自有资金中开支。

统筹以后，离休、退休职工与企业的关系不变。学习、生活、医疗、福利待遇不变，仍由原企业管理、发放，所需费由企业造册，按月向统筹机构申请拨款；统筹机构须于 3 日内审核拨款给企业。

实行统筹以后，企业的负担高于或低于原来实际负担，一般不予调整；少数企业增加负担过大、确实有些困难的，可报经市国营企业退休离休职工劳动保险统筹委员会批准，在一定期限内，酌情调整收费标准。

这一办法的实质，是在不运用国家财政的情况下，通过企业间互助互济的办法而不是简单平调的办法，均衡企业在离退休职工费用上的社会负担。同时使离退休职工的养老保险的实施由纯粹是企业性行为部分地转向

积极推广

027

社会行为，为国营企业职工养老保险制度的这一步改革打下了良好的基础。

市委、市政府在一些会议上，并通过报纸、电台等宣传阵地，反复宣传现行养老保险制度的历史作用及其在现阶段的局限性，并联系企业的实际，通过具体算账对比，说明当前全民企业退离休职工费用负担畸轻畸重的活力悬殊的状况，使大家看到对现行退离休职工养老保险费用实行社会统筹的必要性、紧迫性和可行性。

电仪、机械等行业的新兴企业认识到，当时纺织、丝绸等行业的老企业，负担的退离休职工费用较重，生产经营上又面临着较多的挑战因素，通过统筹的办法，分担他们的一部分负担，合乎社会主义企业之间互济互助的原则。况且若干年以后，退离休职工保险费用畸重的现象也会落到自己头上。实行统筹，利民利企业，新老企业都可以解除后顾之忧。由于较好地统一了思想认识，实行养老保险费用统筹制度，就有了比较广泛的群众基础。

无锡市在实行养老保险统筹的过程中，一方面坚持使由企业实施的养老保险制度向社会保险制度转变的改革方向；另一方面又从实际出发，不急于求成，而是采取渐进的办法，首先在退离休职工保险费用的来源上扩大社会统筹的份额，退离休费用的发放和退离休职工的管理，则仍由企业进行。这既可以照顾退离休职工与所属企业的感情，减少保险制度改革可能在退离休职工中引起的震动，又可以在减少社会保险统筹机关当前一时还难以承担的繁杂办法和比例上，既坚持一视同仁、均衡负担的原则，又坚持实事求是的原则，对极少数负担增加过多、确有困难的企业，结合利改税第二步实施，运用市里的机动留利，予以照顾调节，在一定期限内酌情减负。

在改革过程中，市委、市政府加强领导，专门设立了由政府秘书长和财政局、工会、劳动局、税务局等有关部门负责人参加的国营企业退休职工劳动保险统筹委员会，下设服务部，具体负责组织和指导这一改革的实施。所有这些做法，都体现了既坚定又稳妥的改革方针，对顺利地进行社会保险制度改革发挥了积极作用。

江苏省引领改革前进步伐

1986 年 9 月 20 日，江苏省政府下发《关于印发贯彻执行国务院改革劳动制度四个规定的实施细则的通知》，"通知"明确规定：

> 企业劳动合同制工人退休养老工作，由劳动行政主管部门所属社会保险专门机构管理。

同年 10 月 1 日前，原由省人保公司经办的企业劳动合同制工人养老金，转给当地社会保险专门机构管理。

根据国务院的要求，江苏省各级劳动部门在 1986 年底前均成立了社会保险专门机构，统一经办国有企业劳动合同制职工的基本养老保险业务，并在 1989 年底前完成了原人保公司经办城镇集体企业劳动合同制职工养老金保险的业务移交工作。在全国范围内率先实现了所有劳动合同制职工基本养老保险由劳动部门统一管理。

为解决新老企业退休人员养老保险费用负担畸轻畸重的问题，保障退休人员的生活，1984 年以来，泰州、建湖、无锡、苏州等地先后进行了固定职工退休费用社会统筹的改革试点。

1986 年 12 月 5 日，《省政府批转省劳动局〈关于全民所有制企业推行退休费统筹工作几个问题的意见〉的通知》要求：

> 各地建立退休人员劳动保险费统筹委员会，建立统筹专管机构，统一负责企业固定工退休费用社会统筹工作。

1987年7月8日，江苏省退休人员劳动保险费统筹委员会第一次会议召开，会议提出了年内省辖市都要实行退休费社会统筹，有条件的县年内也要实行的工作目标，并就统筹费的比例确定，明确了"以支定筹，略有结余"的原则。

江苏的改革走在全国前列，而引领江苏改革前进步伐的启东县，发挥的带头作用更是功不可没。

1986年，江苏启东县社会劳动保险公司正式成立。当时规定，参加职工养老保险的对象为全民、大集体企业的劳动合同制工人，以及汇龙和吕四两地的县属镇办企业的固定工和合同工等。

时任县劳动局局长的曹裕丰，了解启东第一次在城镇集体单位中试行职工养老保险的情况。曹裕丰后来回忆说：

> 1985年，《省政府批转省劳动局〈关于全民所有制单位试行劳动合同制的意见〉的通知》

明确规定，全民企、事业单位合同制工人实行社会养老保险制度。随后，我们县也着手开始这项工作，在城镇集体单位中试行职工养老保险。

我们组织相关人员赴苏州、无锡等地，学习那里的先进经验，制定了《企业职工养老保险试行办法》。

1986年4月21日，县政府出台了《启东县职工养老金保险办法》，进一步完善了参保政策。当时参保条件限制比较多，但大家参保的积极性却很高，到劳动保险公司办手续的人络绎不绝。

到1988年底，全县72个全民企业、54个集体企业的2.86万职工实行退休费用统筹，确保了企业离退休金的及时发放，促进了社会安定，为全国范围内的改革方案的制订和组织实施创造了十分有利的条件和经验。

截至1988年底，江苏省所有市、县均实行了全民所有制企业固定工退休费用的社会统筹。

1989年底，江苏全省所有市、县均实行了县、区属以上城镇集体所有制企业固定工退休费用的社会统筹；有25个区、县对临时工，有8个区、镇对街镇办集体企业职工试行了退休养老社会保险，盐城市还在全省率先开展了个体劳动者的养老保险试点。

在这个阶段，四川省南充市在为街道小集体职工解决养老问题时，针对街道小集体企业经济力量薄弱的情况，设计了基本加补充的养老办法，即由政府组织水平较低的养老保险。

在此基础上，各企业根据自身经济能力，为在职职工和退休职工建立补充养老保险，补充可有可无，水平可高可低。

原劳动人事部保险福利局及时总结了这一经验，并在研究养老保险制度改革时，提出了建立国家基本养老保险、企业补充养老保险和职工个人储蓄性养老保险三位一体的养老保险制度的设想方案。此后，个别经济效益好的企业开始试行企业补充养老保险。

试点办法有两种形式：

一种是在职职工建立补充养老保险，如杭州第二中药厂一职工每月缴2元、企业缴2至10元，北京吉普汽车有限公司个人每月缴6元、企业缴3元，职工退休时个人和企业缴纳累积金额连同利息全部发给个人；

一种是为已退休的职工建立补充养老保险，如辽宁朝阳制药厂为退休职工建立生活补贴制度。

还有一些地区的企业试行企业补充养老保险与个人储蓄型养老保险挂钩的办法。截至1993年末，全国实现省一级范围退休费社会统筹的省、自治区、直辖市达到13个。

国有企业全部实现了市县级以上统筹，集体企业职工的养老保险统筹达到 1927 个市县，外商投资企业统筹达到 858 个市县。全国共有 59 万户各类企业，8100 多万职工和 1800 万退休人员参加退休费用社会统筹。

退休费用社会统筹这一措施均衡了企业的养老负担，缓解了新老企业退休费用畸轻畸重的矛盾，为企业平等参与市场竞争创造了必要的条件。

国发 33 号文件确定了以支定收，略有结余，留有部分积累的资金筹集原则。

到后来的 1994 年底，全国基本养老金历年滚存结余 289 亿元，为应付人口老龄化高潮的到来开始进行必要的资金准备。

城乡养老保险工作更上新台阶

1986 年，老龄问题成为当时世界日益严重的一大社会问题。在我国广大农村地区如何做好尊老养老工作，陕西省蒲城县迈出了可喜的一步。

陕西省蒲城县在 1986 年 7 月 20 日至 10 月 30 日的 100 天时间里，开展了"尊老养老百日宣传教育活动"，采取多种具体措施以保证老年人"老有所养、老有所为、老有所医、老有所乐"。

蒲城县当时有老年人 10 多万人，其中有 270 多户家庭存在遗弃、虐待老人现象。针对这种情况，蒲城县委在"尊老养老百日宣传教育活动"中首先解决"老有所养"的问题，并以此作为全县精神文明建设的重要方面。

1986 年 10 月初，蒲城县委作出决定，确定每年农历九月九日重阳节为蒲城县的"敬老节"。当年"敬老节"前后，全县各行各业纷纷为老人做好事、办实事：蒲城县医院和蒲城县中医院设立了老年人方便门诊和老年病咨询室，并免费给 60 岁以上的老人体检；各乡镇、县级单位在"敬老节"前都对离退休老红军、老干部、老工人、老教师、农村中的老模范进行了慰问。

辽宁省本溪市明山区东兴村村办垫圈厂厂长王殿奎 11 月 8 日为全厂 77 名农工在市保险公司办了养老保险。

积极推广

垫圈厂的工人们高兴地说："我们也可以同城市工人一样，没有后顾之忧了。"

王殿奎办垫圈厂坚持改革，产品质量好，远销美国、加拿大、联邦德国和日本，1985 年创外汇 12 万美元，1986 年头 10 个月又创外汇 25 万美元。

工厂与本溪市保险公司签订合同，每月为全厂每个农工交养老保险金 15 元。这样，工龄超过 10 年的，可以像城市退休工人一样享受劳保待遇。

在城市，退休养老制度的改革也没有停步。

1986 年 12 月，《杭州保险》刊登消息：今冬以来购买"部优"产品钱江牌电热褥的用户，如因产品质量问题发生意外事故，可持质量责任保险证向杭州市保险公司索取经济赔偿。

这是杭州市保险公司为企业改革提供配套服务而进行的新探索。

经济改革使企业成为相对独立的经济实体，不能再吃国家的"大锅饭"了。企业由于自然灾害和意外事故所造成的经济损失由谁来补偿呢？保险业恰好把这项任务承担下来。当时，杭州市区已有 100 多亿元的企业财产向保险公司投保，承保率达到 90% 左右。

合同工是劳动制度改革的产物。这些人退休以后的生活由谁来保证呢？还是保险公司。杭州市保险公司配合劳动部门为全市近 5 万名合同工开办了社会养老金保险，使他们能老有所养，病有所医。江干区政府与保险公司合作，也为街道企业职工办理了养老金保险。类似的保险已扩大到乡镇企业和个体户。

到 1986 年 10 月底，全市已积累社会养老保险基金 1100 余万元。

杭州市保险公司现已开办保险项目 60 多种，预计今年保险费收入将达 3600 多万元。这家公司从 1980 年以来，共处理各种赔案 2.4 万余件，累计赔款 1977 万元，较好地发挥了补偿经济损失、稳定企业生产和安定人民生活的作用。当时这家公司还根据改革中出现的新问题，酝酿开办新的保险种类。

从 1986 年 10 月起，辽宁抚顺市对城镇集体企业职工实行养老保险，使他们老有所养，生活安定，受到职工和社会广泛称赞。

当时，抚顺市城镇集体企业陆续有一大批职工退休。由于城镇企业发展不平衡不稳定，一些亏损的企业，退休职工的工资得不到保障；一些生产盈利单位，也常常出现支付退休费用畸重畸轻的现象。

为了使退休职工安度晚年，消除他们的后顾之忧，抚顺市城镇集体企业从 1986 年 10 月开始，积极参加保险事业，使退休职工得到了社会养老保险。截至 1987 年 1 月，全市共筹集养老保险基金 796 万元。

城镇集体企业参加养老保险，对职工对企业都大为有益。

退休老工人黄士章退休后几个月都没有领到退休金

了，自他所在的单位抚顺建材厂参加养老保险后，不但每月工资、福利有了保障，而且还领到了生活补助费。

黄士章高兴地说："我们集体企业有了养老保险，再不为生活费担忧了。"

抚顺市第二运输公司，为支付退休费用，每月亏损4万元。参加养老保险后，每月从保险公司获得的养老金比所交保险费多3.1万元，退休职工的工资得到保障，在职工人减轻了负担，企业亏损由此降低了78%，使企业产生了新的活力。

"'入保'好比'转正'。""工厂保我们，我们保工厂。"这是河北省廊坊地区一些乡镇企业职工对实行养老金保险制度的感慨。

乡镇企业不稳定、人员流动性大，哪里钱多往哪里跑，一度成为廊坊地区较普遍的问题。其中一个重要原因，是职工没有退休制度，养老得不到保障。

1985年行署同地区保险公司首先在固安县开展乡镇企业职工养老金保险试点。1986年全区9个市县分期分批地开展了这项保险业务。到年底，全区入保企业已达196个，入保职工2709人，保险费资金达53.4万元。

养老金保险采取"三分""四可"的灵活办法。

"三分"是分期、分批、分档次，不搞大拨轰，不吃大锅饭，亏损企业不能参加养老金保险，根据企业不同的经济效益，分不同档次，税前列支保险费。档次越高，退休后领取的养老金越多。

"四可"是可保、可停、可续、可补。规定参加保险的企业由盈变亏，即可停止保险；由亏变盈，还可以继续参加保险。这样，把养老金保险这项社会福利事业同企业管理结合起来，稳定了职工队伍，进一步激发了职工的生产积极性。

当时，投保的乡镇企业职工人数正在继续增加。

山东省临朐县柳山镇政府重视发展农村中小学教育，在更新校舍为学生创造良好的学习环境之后，又为全镇105名中小学民办教师办理了养老金保险，使他们晚年的经济收入有了保障。

由于农村的民办教师不享受国家劳保待遇，他们退休后的经济来源问题一直得不到根本解决，致使农村教师队伍不够稳定，影响了农村教育事业的发展。

为了解决这个问题，柳山镇的领导在保险公司的支持和配合下，从地方财政中拿出一些钱，本着"镇里拿大头、个人拿小头"的原则，为全镇105名中小学民办教师办理了养老金保险，使他们退休后可以保持退休前的生活水平。

在我国率先进入老龄型城市的上海的交通要道口，经常可以看到上了年纪的老人臂戴红袖章协助民警维持交通秩序；喧闹的农贸市场里，也有许多老人参与管理和卫生工作；大批有专业技术知识的老人则热心为本市和外地的乡镇企业提供技术咨询。老人们说，闲在家里坐不住，还是出来为社会尽点职，心里才踏实。

到 1987 年，上海市有 60 岁以上老人 165 万，占全市人口的 13.5%。如何办好老年事业，已引起上海社会各界的重视。全市上下普遍建立了老龄工作机构，统一抓好老年事业的各项工作，让老人们老有所养，老有所医，老有所乐，老有所学，老有所为。

在 1986 年，上海市专门成立了老年医院和老年病研究所，市、区、街道三级医院开设了老年专科门诊，遍布城乡的医疗咨询站和数万张家庭病床方便了老人们就医。依靠社会力量，全市兴办一批福利院、老人食堂、老人乐园等。

散居在社会上的 8000 多名孤老得到了数千个"包护组"的精心照料。地区街道还建起各类老年活动室近 3000 个，社会各界为老人提供理发、修理、缝纫等服务项目。

为丰富老年人的文化生活，全市办起了老年学校 45 所，开设了医疗保健、绘画、书法、花卉、会计、家庭教育等课程，数以万计的老人仿佛又回到了年轻时代，在这些学校重新开始了学习。

社会对老年人尊重、照顾，老人们也主动地关心社会。全市有 40 多万老人继续为两个文明建设发挥着重要作用。

许多离退休干部和各界知名老人同青年人结成"忘年交"，交流思想感情，对青年进行革命传统、文明道德的教育。

大批退休职工以服务、劳务为重点，发展地区第三产业，开办了近10万个服务网点。

　　地处十六铺码头附近的退休职工组织起一支支"小扁担"队伍，为上下船旅客服务，协助维持码头秩序，受到旅客们的赞扬与尊敬。

养老保险制度改革初见成效

1991 年 6 月 7 日，国务院举行第八十五次常务会议，原则通过企业职工养老保险改革决定。

李鹏总理主持召开这次会议。会议审议并通过了《国务院关于企业职工养老保险制度改革的决定》。

这个"决定"是按照国民经济和社会发展十年规划和第八个五年计划纲要的要求，在总结实践经验的基础上制定的。

会议认为，企业职工养老保险改革是我国经济体制改革的一项重要内容。根据我国生产力发展水平以及人口众多、老龄化发展迅速的情况，进行这一改革时要处理好国家利益、集体利益和个人利益，眼前利益和长远利益，整体利益和局部利益的关系。

《国务院关于企业职工养老保险制度改革的决定》经修改后，将由国务院发布施行。

改革内容主要包括：

一是明确缴费的多方负担原则。改变养老保险完全由国家、企业承担下来的办法，实行国家、企业、个人三方共同负担。

二是规定缴费比例。基本养老保险基金由

政府根据支付费用的实际需要和企业、职工的承受能力，按照以支定收、略有结余、留有部分积累的原则统一筹集。企业缴纳的基本养老保险费，按本企业职工工资总额和当地政府规定的比例在税前提取。

三是建立多层次养老保险制度。企业补充养老保险由企业根据自身经济能力，为本企业职工建立。国家提倡、鼓励企业实行补充养老保险和职工参加个人储蓄性养老保险，并在政策上给予指导。

这一文件对养老保险费用的筹集、制度模式及养老保险管理体制与分工都提出了具体方案，对加速全国城镇职工养老保险的改革起到了重要的推动作用。

此项改革确立了基本养老保险、企业补充养老保险和职工个人储蓄性养老保险相结合的多层次养老保险制度框架，建立由国家、企业和个人共同负担的筹资机制；标志着养老保险制度改革由自发的试点过渡到有组织的改革设计阶段。

被人称为"白发"事业的社会养老保险制度的改革，在祖国各地蓬勃兴起。到 1991 年 7 月为止，已有 2270 多县（市）全民企业职工养老费用实行社会统筹，占全国县（市）总数的 90% 以上，参加统筹的职工 500 多万人，退休职工 1000 万人。其中江西、福建、北京、上海、天津等实行了以省或直辖市为单位的社会统筹。江苏、广东、河南、河北、辽宁、黑龙江等20多个省、自治区全部市、县实行了社会统筹。

城镇集体所有制企业职工养老费用以市、县为单位实行社会统筹的，也达1400多个市、县，占全国市、县总数的58％。

我国社会养老保险的改革已初见成效。实行社会统筹后，建立了退休养老基金，退休职工的生活得到可靠保障。各企业都按社会平均比例交纳养老基金，从根本上解决了企业退休费用负担畸轻畸重的问题，给企业创造了一个相对平等的竞争条件，促进了劳动工资制度改革的顺利进行。

许多专家、学者认为，社会养老保险制度的改革只是初步的，许多方面有待完善和发展。他们呼吁：

> 必须采取得力措施，加快步伐，加大力度，把它作为一项重要工作来抓，以逐步建立具有中国特色的社会养老保险制度。

浙江温州市1991年7月起实行了全社会一体化养老保险制度。它惠及全民、集体、私营、中外合资等各类所有制企业的职工和工商个体户，凡是有工作的人退休之后都能享受"劳保"，待遇一视同仁。

保险金的来源，除了全民、县以上集体企事业与外商投资企业、区街乡镇企业、股份合作企业交工资总额的17%，职工本人每月上交标准工资的2%以外，温州市还规定：定期向各工商企事业单位和个体工商户收取一定比例的地方养老保险基金。国家财政每年提取0.5%以备不足。

针对当地个体户流动变化大的特点，温州市对所有参加养老保险者实行一人一证制。无论哪类所有制企业的职工，只要在本市范围内流动，其养老保险证可随身携带衔接使用。养老金的发放，实行就地领取，既减轻企业事务工作，又有利于退休人员的管理和服务。

据有关人士介绍，温州国营企业当时在职职工与退休工人的比例达3比1。全社会养老保险的实施使企业甩掉了沉重的包袱，一年可减轻负担1000多万元。同时促进了劳动力的合理流动，为劳动用工制度的改革提供了可能。截至当年9月底，温州市区参加养老保险的职工达18.1万。

如何解决城镇集体所有制职工"老有所养"这一老大难问题？四川自贡市实行了积累与统筹相结合的办法，受到有关部门和专家的好评。从1991年5月1日开始，自贡市集体企业纷纷投保。

自贡市通过调查1000多个集体企业，分析了300多万个基础数据，根据国家、企业和个人共同负担的原则，结合城镇集体企业的特点，决定从统筹与积累双轨起步，分流运行，随着统筹比例下降，最终过渡到以积累为主的社会保障制度。

"自贡方案"规定：所有城镇集体企业单位都要参加养老保险。凡 1995 年以前退休的职工，采用统筹方式养老保险，即由集体单位按在职职工工资总额的 9.5% 每月向当地保险公司缴纳；凡 1995 年以后退休的职工，参加积累方式养老保险，即由集体单位按工资总额的 6% 按月缴纳基本保险金，按工资总额的 2.5% 和职工个人 3 至 5 元按月缴纳补充养老保险金。

此外，集体单位每月还要缴纳工资总额 1% 的风险金。职工退休后，保险公司按统一标准付给基本养老金，同时，根据单位和个人交纳补充养老保险金的金额和积累时间长短，付给补充养老金。

千百年来习惯于"养儿防老"的中国农民，开始认识并采用一种新的养老方式。

在辽宁省农村，农民社会养老保险制度已完成试点工作，开始大面积施行。当时全省共有 8 个市、近 30 个县推行这一制度，出现了一批"全保乡"和"全保村"，投保人数达 12 万多人，并还在迅速增加。

按照这一制度，一个农民只要在年轻力壮时坚持按月缴纳一笔保险金，再由集体按比例补贴一部分，到一定年龄时（男 60 岁、女 55 岁），就可以每月从保险公司领取一笔固定养老金，其金额依据投保金额和投保年限的不同，少的 40 元，多的数百元。

老有所养是农民富裕起来之后的迫切愿望，也是农村一个潜在的社会问题。

早在 1987 年，大连市率先在富裕农村试验建立社会养老保险制度，探索出一条适合当地特点的路子。在学习大连经验的基础上，沈阳、凤城、法库等地农村结合各自特点，创造了一些新做法。辽宁省政府及时总结经验，要求各地因地制宜地加以运用，使这项制度迅速地在各地建立起来。

辽宁省经济体制改革委员会主管此项工作的同志认为，建立农村社会养老保险制度具有多方面的重要意义。首先，它解除了农民的后顾之忧，解放了农村生产力。其次，它从根本上冲击了"养儿防老"的传统观念。第三，它把部分消费资金转化为积累资金。第四，它调动个人和集体两个积极性来解决农民养老问题，体现了社会主义制度的优越性。

河南省新郑县从 1991 年开始在全县办农村互助统筹保险。这种以县为核算单位，结余留存，以丰补歉，省市保险公司分保的办法，使保险事业成为当地政府的事、农民群众自己的事，深受农民欢迎。

当时，新郑农村经济发展较快，农民生活有了很大的提高。但是一些乡村抗御自然灾害的能力很低，生产自救能力较差，特别是因乡财政入不敷出，拿不出钱来救济受灾农民，群众有意见。

在征得省、市保险公司同意后，在县政府的组织推动下，保险公司协助办理，在全县办起了农村互助统筹保险，建立了农民自己的风险基金。一年多来，他们试办了小麦大灾储金、农民房屋家财保险、农村基层干部意外伤害保险、农村变压器保险、乡镇企业和集体企业保险等险种。

当时，全县100%的农户都投了保，收取保费149万元，其中支付赔款24万元。利用时间差，他们拿出60万元基金参与融资，对缓解地方资金紧张起到了积极的作用。

新郑县办农村互助统筹保险，体现了农民与农民之间互助共济的新型关系，提高了农村整体抗灾能力。早在1990年9月，这个县遭受了严重的雹灾，几百户农民和15家企业受到严重经济损失。

由于参加了农村互助统筹保险，受灾群众和企业及时得到了经济赔偿，很快恢复了生产。

山东省烟台市从1989年开始，在农村建立社会养老保险制度，取得了明显效果。市委、市政府先后在招远县、牟平县、龙口市开展试点工作，探索出了一套以农民的自我保障为主、自助为主与互济为辅相结合，社会养老保险与家庭的保险功能相结合的农村社会养老保险的路子。这一成功经验，当时正在全市农村推广。

加快实施养老保险省级统筹工作

1992 年 4 月 21 日，劳动部副部长李沛瑶在成都发表谈话说：

今年我国养老保险制度改革将以加快实施国营企业职工退休费用省级统筹为重点，力争全年再有 5 个左右的省、自治区实行省级统筹，使全国实现这一养老保险制度的省份达到一半。

当时，全国已有福建、江西、吉林、山西、河北、四川、北京、天津、上海 9 个省、市实行了退休费用省级统筹，湖北、陕西、云南、湖南、宁夏等省、自治区的方案正在调查审批之中。

1984 年以来，全国各省、市、自治区纷纷进行以退休费用社会统筹为主要内容的养老保险制度改革。到 1983 年底为止，全国实行统筹的市县数已达 2340 多个，占市县总数的 98.9%，参加统筹的在职及离退休职工达 6900 多万人。此外，城镇集体所有制企业职工的退休费用社会统筹当时也正在 1300 多个市县展开。

以市、县为单位的社会统筹尽管对缓解本地区企业退休费用负担畸重畸轻矛盾具有一定作用，但却存在社会化程度不高、抵御较大自然灾害能力差等缺陷，因而，实行退休费用省级统筹，已成为当时深化养老保险制度改革的必由之路。

福建自 1989 年实行退休费用省级统筹以来，社会统筹面在 3 年内扩大 60%，参加统筹的在职及离退休职工人数亦增长 0.8 倍，养老保险基金积累更增长 9.5 倍。

我国实行省级统筹的范围囊括国家规定的所有长期支付的离退休费用。统筹基金按以支定收、略有结余、留有部分积累的原则统一筹集，根据工资总额的一定比例提取。基金来源由国家、企业、个人共同负担。个人缴纳养老保险费在增加工资的基础上进行，一般不超过职工本人标准工资的 3% 或工资收入的 2%。

在中央政策的鼓励下，养老退休制度不断完善。

湖南省株洲市初步建立起多层次、全方位的社会保险体系，保证了企业破"三铁"改革的顺利进行和不断深入发展，保证了社会的稳定。

早在 1987 年，株洲市被列为全国劳动、人事、工资制度改革的试点城市后，株洲市委、市政府进行大刀阔斧的改革，实行全方位的社会养老保险：全市全民企业、集体企业的退休费用统筹面已分别达 100% 和 86.7%，3.7 万名合同制工人和 1.1 万名临时工等实行了养老保险；实行全民、集体企业职工待业保险，全市已有 1400 多户全民、集体企业的 32 万多名职工参加；实行女职工生育息工保险，全市共有 514 家企业、23.3 万名职工参加统筹。

1992 年 6 月 6 日，在苏州召开的全国企业职工养老保险统计、会计工作会议指出，当时我国已有 2340 多个市县实行了全民所有制职工退休费用社会统筹新办法。在新的养老保险制度的保障下，5000 多万全民所有制在职职工免除了后顾之忧，1200 多万全民离退休职工的晚年有了保障。

我国原有的企业职工养老保险制度从 20 世纪 50 年代初开始实行，主要采取由国家、企业全部包下来，以企业为单位支付的办法。这种办法越来越不能适应实际工作的需要，1984 年广东、江苏、四川、辽宁省的少数市县进行了企业退休费用社会统筹的改革试点，几年时间里又推广到全国。新的办法在资金筹集上改为国家、企业和职工个人三方共同负担，在使用上改为在较大的行政区域内实行社会统筹。

有关各方只要按规定标准如期向社会保险部门交付一定的费用，企业离退休职工的养老保险就由劳动部门所属的社会保险管理机构统筹安排解决。实行社会统筹之后，国家、企业和职工个人三方共同缴纳的养老保险基金在统筹范围内调剂使用，大大增强了社会保险抗御自然灾害和企业经营风险的能力。

1991 年，全国许多地方都发生了特大洪涝灾害，尽管许多企业被迫停产，但是参加了劳动部门组织的退休费用社会统筹的企业离退休人员都按期如数领到了离退

积极推广

休金。

1992 年 11 月，江西省南昌市在全国率先推出《企业职工基本养老金计发试行办法》，避免了职工退休后收入下降幅度过大的情况。

劳动部部长阮崇武和来自 39 个大中城市的劳动局局长，对南昌市推出的这一办法，作了深入的调查研究，认为这是对劳动制度改革的一项突破，对于进一步保障和改善职工退休后的生活福利将起到积极的作用。

随着经济体制改革和劳动制度改革的逐步深化，标准工资在职工工资性收入中所占比重下降，按标准工资计发退休金、养老金，职工退休后的收入下降幅度很大，而且一经核定便不能变动。这种旧的养老金计发办法已不能保障退休职工的正常生活，引起社会的普遍关切。南昌市新规定的养老金由三部分组成：社会性养老金、交费性养老金和各种补贴。

所谓社会性养老金，就是每个退休职工按全省社会月平均工资的 25% 计发，随着社会工资增加，退休职工收入也水涨船高，避免了固定不变之弊。所谓交费性养老金，即是以后在职职工每月需交工资的 1%，每交满 10 年者，退休后则发给其平均工资的 15%，如交满 20 年，则发给其平均工资的 30%。在这项新办法实施前的职工，已有的工龄视作已交纳来计算。发给在职职工的各类补贴，同样发给退休职工。

据对南昌市当年退休的 3622 名职工统计，新办法与现行退休金计算办法相比较，提高了收入的退休职工占82.5%，凡按新办法计算结果低于原规定标准的职工，仍享受原规定的退休金，不让一个退休职工减少养老金的收入。

湖北省武汉市改革社会保障制度，实行农村社会养老保险，促进了全市农村社会的稳定和经济的发展。

武汉市农村社会养老保险工作是从1992年3月开始的。

截至当年6月底，全市107个乡镇、2032个村中已有104个乡镇、1242个村实行社会养老保险，投保率达77.8%，收取保费1360.28万元，年投保额2572.78万元。这个市开展农村社会养老保险工作时间短，成效大。

早在1992年1月，民政部确定在武汉市开展农村社会养老保险试点工作。市民政局立即将这一情况向市委、市政府主要领导作了专题汇报。

市委书记钱运录要求把这件好事办好。市长赵宝江也表示，政府要积极支持民政部门抓好这项工作。接着市政府连续下发了3个文件，就开展农村社会养老保险工作的分工、机构设立等问题作了明确规定。市政府还指定一名副市长负责具体指导。

各区、县和乡镇党政领导也对这项工作非常重视和支持。汉阳县委书记李育矩、县长王远昌多次主持召开动员会，研究布置工作。到6月底，全县收取保费213万元。全国百颗星"十佳乡镇"之一的洪山区和平乡，专门召开村级党政干部会议，专题研究农村社会养老保险问题。该乡成为全市第一个年投保额超过 100 万元的乡镇。

农村社会养老保险工作是一项系统工程，要抓好这项工作，离不开各方面的配合支持。基于这种认识，武汉市民政局在开展农村社会养老保险工作中，把做好各方面的协调工作放在突出位置。他们适时召开有编委、财政、税务、银行等有关部门参加的协调会议，积极向组织、计生委等有关部门宣传农村社会养老保险工作与计划生育等工作互相促进的关系。

通过这些工作，解决了开展农村社会养老保险工作中碰到的许多实际问题，理顺了同金融保险部门在农村开展保险业务的工作关系，得到了许多部门对农村社会养老保险工作的配合和支持。

新洲县开展农村社会养老保险工作近两个月，只有1000 多人投保，保费不足 2 万元。后来由于得到组织、干部部门的大力支持，全县党员、干部积极宣传养老保险，带头参加养老保险，仅半个月时间，全县就收取保费 60 多万元，并摸索出了在贫困地区如何开展农村社会养老保险工作的经验。

此外，他们分类指导，加快推行社会养老保险工作的步伐。武汉市民政部门在抓农村社会养老保险的工作中，要求各区县先行计划，搞好试点，然后以点带面。

在工作部署上，一个时期突击抓一个重点方面的工作。农忙时，重点抓乡镇企业职工和部分近郊菜农；农闲时，重点抓郊县农村。对于贫困地区、受灾地区，则采取保费"低档上路"的办法，因势利导，逐步推开。

在工作方法上，他们采取了"五先五后"的办法：先抓经济富裕地区，后抓经济落后地区；先动员党员、干部，后动员一般群众；先动员乡镇企业职工，后动员农民；先动员民政服务对象，后动员其他人员；先抓登记，后抓投保。这些办法，针对性强，收效好。

河北省唐山市针对该市的社会保险覆盖面窄、社会化程度低、社会养老保险层次单一等问题，提出了改革新措施。

唐山市按照基本养老保险由国家、企业、个人三方共同负担的规定，从 1992 年 1 月起，对国有、集体所有制职工和外商投资企业中方职工实行个人缴纳一定的基本养老保险费的措施。

凡实行了岗位技能工资制和全员劳动合同制及外商投资企业的中方固定职工，一律按本人工资的 3% 缴纳，其他企业职工按本人工资的 1% 缴纳，待以后增资时再改为 3% 缴纳。

扩大企业补充养老保险和个人储蓄性养老保险。唐山市规定企业为职工缴纳的补充养老保险金和职工个人储蓄性养老保险金，按照居民存款利率计息，待职工退休时，本息一次或几次付给职工，职工在退休前正常死亡的付给法定继承人。

唐山市还努力推进医疗保险制度的改革，在保证医疗、节约开支的原则下，实行退休职工医疗费社会统筹，建立职工工伤保险基金。

为解决工伤（职业病）对中小企业的困扰，保证职工的治疗和康复，唐山市劳动局决定在中小企业中建立职工工伤保险基金，基金实行差别费率提取，并根据事故频率定期调整，为工伤和患职业病职工恢复健康和企业走向市场创造良好的环境。

随着建立社会主义市场经济体制进程的发展，我国社会保障制度改革已开始向纵深推进。到1992年12月底为止，全国已有50多万户各类企业、8500多万职工和1700多万名离退休人员参加退休费用社会统筹。实行基本养老保险个人缴费的省市已有22个，职工6000多万人；实行企业补充养老保险试点的企业有600多个，职工50多万人；实行基本养老金计发办法改革的市县已有65个。为减轻企业负担和方便离退休职工，有1014个市、县实行由银行或社会保险机构直接发放养老金。为应付各种风险，确保养老金的发放，当时已积累养老基金200亿元。

此外，还有19个省、自治区的90个市、县和28个系统实行了退休人员医疗费用社会统筹，参加统筹的离退休人员已达50万人。

三、 建设制度

- 江泽民在"十四大"报告中指出：要"积极建立待业、养老、医疗等社会保障制度……重视研究人口老龄化问题，认真做好这方面的工作"。

- 李铁映强调指出："养老金是投保者的'保命钱'，管好用好，保值增值，这是件大事。"

- 民政部部长多吉才让指出："农村社会养老保险事业能否健康发展，从一定意义上讲，取决于管理。"

改革干部退休制度

1992 年 10 月 12 日，中国共产党第十四次全国代表大会在北京召开。

参加这次大会的正式代表 1989 人，特邀代表 46 人，代表全国 5100 万党员。

此外，不是"十四大"代表的十三届中央委员会及中央顾问委员会、中央纪律检查委员会的成员，不是"十四大"代表或特邀代表的党内部分老同志，以及其他有关负责同志 307 人列席了这次大会。

大会还邀请了全国人大常委会党外副委员长、全国政协党外副主席、各民主党派、全国工商联负责人和无党派人士，以及全国人大、全国政协常委中在京党外人士和部分少数民族、宗教界人士等 139 人，作为来宾列席了大会开幕式和闭幕式。

这次代表大会的主要任务是，以邓小平建设有中国特色社会主义的理论为指导，认真总结十一届三中全会以来 14 年的实践经验，确定今后一个时期的战略部署，动员全党同志和全国各族人民，进一步解放思想，把握有利时机，加快改革开放和现代化建设步伐，夺取有中国特色社会主义事业的更大胜利。

李鹏主持大会开幕式。江泽民代表第十三届中央委员会向大会作题为《加快改革开放和现代化建设步伐，夺取有中国特色社会主义事业的更大胜利》的报告。

报告分为四部分，一是14年伟大实践的基本总结；二是90年代改革和建设的主要任务；三是国际形势和我们的对外政策；四是加强党的建设和改善党的领导。

江泽民在"十四大"报告中指出：要"积极建立待业、养老、医疗等社会保障制度"；"认真执行干部离退休制度，继续推进新老干部的交替与合作。要切实从政治上生活上关心离退休干部，使他们老有所为，安度晚年"；"重视研究人口老龄化问题，认真做好这方面的工作"。

这一系列精神，不仅为进一步做好干部退休工作明确了工作任务，而且指明了改革方向。

在当时，我国干部退休养老制度的改革有几个设想。

尽快建立和推行机关、事业单位社会养老保险制度。机关、事业单位现有工作人员3000多万，约占全民所有制单位职工总数的三分之一，在整个养老保险体系中占有较大比重。特别是企业养老保险制度改革之后，机关、事业单位养老保险制度的建立，就显得更为迫切。

机关、事业单位有其自身的特点。与企业相比，在经费来源、分配形式等方面有很大不同。机关与事业单位也有各自的特点。其中，行政机关将要实行国家公务员制度，事业单位体制也要进行较大的改革。因此，要根据不同情况，分别研究国家机关、事业单位养老保险制度改革方案。

建立机关、事业单位养老保险制度的指导思想是：

一要正确体现党和国家关于建立社会保障体系的精神，坚持国家、集体、个人共同合理负担的原则；

二要与机构改革、人事制度改革、工资制度改革相结合，特别是国家机关养老保险要和国家公务员退休制度相衔接；

三要协调好企业、事业、机关三者的关系，养老保险水平大致相当；

四要坚持养老保险的原则和基本政策标准的统一，同时，也允许地区之间有所差别，以发挥地方的积极性；

五要处理好新旧制度、新老人员的关系，统筹兼顾，平稳过渡；

六要坚持保险水平随社会经济发展和人民收入的增加逐步提高，使退休人员生活逐步得到改善。

早在当年6月，为进一步完善干部退休制度，促进干部人事制度改革深入进行，中组部、人事部就发出《关于加强干部退休工作意见的通知》。

"通知"重申各级组织、人事部门要认真贯彻中共中央关于建立老干部退休制度的决定精神，严格执行干部退休制度，凡达到退休年龄的干部，除按国家规定延长退休年龄或留任者外，应按时办理退休手续，以促进干部队伍的正常交替。

在当时，全国共有退休干部460多万人。预计每年还将以三四十万人的速度增加。

中组部、人事部的"通知"指出：

> 干部退休工作是我们党和国家干部人事工作的重要组成部分，做好干部退休工作，妥善安置好退休干部，对保证干部队伍新老交替的顺利进行，保障退休干部的晚年生活，促进改革开放和经济建设的发展，都具有重要意义。

"通知"说，广大退休干部在长期的革命斗争和社会主义建设事业中，为党为人民作出了重要贡献，是党和国家的宝贵财富。各地区、各部门要认真贯彻党和国家关于干部退休工作的方针、政策，切实加强领导，把干部退休工作列入议事日程，及时研究解决有关重大问题。干部退休工作部门要认真履行职责，深入调查研究，提出解决问题的建议和办法，当好党委和政府的参谋，并主动与有关部门协商，共同做好干部退休工作。

"通知"要求，要认真落实退休干部的政治和生活待遇。干部退休后，各有关单位要按照党和国家的政策规定，组织退休干部学习文件、听报告，过党的组织生活，参加有关活动，使他们及时了解党的路线、方针、政策和国内外大事，勉励他们在改革开放的新形势下，继续发扬光荣传统，永葆革命青春。

"通知"指出，要在总结经验的基础上不断改进和完善退休干部管理形式。要不断增加社会化管理内容，建立健全社会服务体系，努力创造条件，积极稳妥地促进退休干部由原单位管理逐步向社会化管理过渡，更好地为退休干部服务。

"通知"还对退休干部管理活动经费、活动场所、退休干部管理工作队伍建设等问题提出了要求。

12 月 17 日，《人民日报》发表题为《干部退休养老制度也要改革》的评论文章，文章说：

> 根据党中央、国务院关于建立社会养老保险制度的原则精神，结合机关、事业单位的特点，机关、事业单位养老保险制度改革的主要目标：一是要建立独立的养老保险基金制度，改变退休费现收现付、没有积累的状况，把养老保险费用从财政预算中分离出来，实行专项储存、专款专用……二是要建立起国家、地方和个人共同合理负担养老基金的机制，实行国家保障、社会保障与个人自我保障相结合的办法，改变由国家统包养老费用的做法。养老基

金的筹集，要根据机关、事业单位经费来源渠道的不同情况，分别采取不同的办法。

　　文章指出：养老保险金要体现社会公平，并与工作人员的社会贡献、交费年限及在职时的工资待遇挂钩。
　　文章还指出：要建立法定的养老保险待遇随社会生活消费水平提高而适当调整的制度以及退休人员基本生活费用与物价挂钩制度，以稳定地保障退休人员的生活，并能随着社会经济发展逐步得到提高。

建立多层次社会保障体系

1993 年 11 月，中共中央颁布《关于建立社会主义市场经济体制若干问题的决定》说：

> 建立多层次的社会保障体系，对于深化企业和事业单位改革，保持社会稳定，顺利建立社会主义市场经济体制具有重大意义。社会保障体系包括社会保险、社会救济、社会福利、优抚安置和社会互助、个人储蓄积累保障。
>
> 社会保障政策要统一，管理要法制化。社会保障水平要与我国社会生产力发展水平以及各方面的承受能力相适应。城乡居民的社会保障办法应有区别。提倡社会互助。发展商业性保险业，作为社会保险的补充。

推进机关事业单位养老保险制度改革，是建立和完善我国社会保险体系的重要组成部分。逐步建立与社会主义市场经济相适应的机关事业养老保险制度，对于保障离退休人员的基本生活，促进人才的合理流动，具有十分重要的意义。

河北省自 1994 年起，对机关事业单位养老保险制度的改革进行了积极的探索。

河北省机关事业单位社会保险局按照省委、省政府提出的"积极试点、总结经验、逐步推开"的要求,在全省范围内普遍开展了自收自支、差额拨款事业单位,机关事业单位劳动合同制工人和驻冀部队事业单位的养老保险。

河北省先后在唐山、秦皇岛、衡水、廊坊4个地级市进行了党政机关、事业单位全员参加的统筹试点,对全面改革计划经济体制下形成的养老保险制度,进行了大胆的尝试。

河北省的上述改革进展顺利,并取得了初步成果。新建立的养老保险制度正在改革中不断完善规范。截至2001年6月底,全省参保单位2.1774万个,参保在职职工79万人,合计约占全省机关事业人员总数的50%;全省机关事业单位离退休人员16.4万人,养老金发放率100%;社会化发放人数为13.4万,社会化发放率82%;养老保险费征缴率94%;全省上半年基金结余1亿元,累计结余10亿元。

河北省对机关事业单位养老保险制度进行了试验性质的探索。其基本做法和思路是:从实际出发,确定改革的原则内容;点面结合,积极稳妥推进;不断总结经验,加强政策指导;规范完善,巩固改革成果。

河北省从实际出发,确定改革遵循的基本原则:

一个是社会养老保险基金由国家、单位和个人合理负担。单位和个人都要按工资总额的一定比例（河北省是个人缴纳4%，单位缴纳23%）缴纳社会保险费。这一原则符合国家对养老保险制度改革的方向，也是对过去国家统包统配制度的根本改革。

二是社会统筹与个人账户相结合。建立养老金个人账户，使参保人员关注自己的未来，实现企业的事业之间养老保险制度的衔接，也有利于不同性质单位之间的人员流动。

三是着眼本地经济状况，坚持低积累起步（一年的基金积累为一个月的养老金支出）。在不增加或少增加财政开支的情况下推进这项改革。解除职工对个人缴费有意见，财政怕增加支出无法承受的矛盾。

四是行政管理与基金运营分开。基金实行专户管理，保证基金的安全和保值增值。

河北省养老保险制度改革注重点面结合，积极稳妥推进。在省内选择经济和社会发展状况不同的地级市，进行党政机关、事业单位干部工人全员参加的"全员统筹"试点，探索养老保险改革的不同模式，积累经验。

在全省范围内，河北省对机关事业单位养老保险制度只开展自收自支、差额拨款事业单位，机关事业单位合同制工人，军队事业单位的养老保险改革，有点有面，有张有弛，有突破有纵深，积极稳妥，梯次推进。

养老保险制度的改革，涉及参保单位和参保人员的切身利益；一项新的制度的建立，不可避免地会与旧有制度发生摩擦、撞击。为此，河北省委、省政府及时总结经验，加强政策指导。

自1995年以来，河北省以省政府以及省人事厅、省劳动保障厅、省社保局的名义，先后制定下发了《关于加强机关事业单位社会保险制度改革的通知》、《机关事业单位合同制工人养老保险暂行办法》、《自收自支事业单位职工养老保险暂行办法》、《差额拨款事业单位职工养老保险暂行办法》、《个人账户管理办法》等40多份文件和政策规定。

这些文件对解决改革中出现的矛盾和问题，探索新制度的框架，推进改革的顺利进行，发挥了重要作用。

河北省注意完善制度，规范动作，巩固成果。首先抓扩面，努力实现按政策规定应参保人员全员参保。1999年和2000年，全省新增加参保人员分别为18万和19.4万人。除试点市的个别县区和部分市的个别差额拨款的事业单位尚未参保外，基本实现了"应保尽保"的目标。

其次实行养老金社会化发放，确保离退休人员按时足额领到养老金。全省养老金社会化发放率已达82%。其中沧州、邢台、保定、邯郸等市已达100%。

河北省还注意加强业务和制度建设：

在省、市、县三级社保经办机构统一安装使用由省定型的"养老保险业务"和"养老保险财务"两个软件，实现养老保险业务的微机化管理。省社保局组织专人到各市县现场安装指导。当时，业务软件已安装了96个县区，财务软件已安装77个县区，分别占全省县区总数的54%和44%。11个地级市已全部安装完毕。

参保单位统一使用"申报盘"，逐渐取代手工填报。当时，省市两级已有2000多个参保单位采用了"申报盘"。

加强制度建设和能力培训。组织人员编写了供全省统一使用的《河北省机关事业养老保险规范管理教程》，《河北省机关事业养老保险文件汇编》、《基金财务会计管理制度》等书籍，发到各市县。2000年以来，先后统一组织了"养老保险软件应用"、"会计软件应用"、"养老保险统计报表填报"等5期培训班，使各类专业人员普遍受到一次系统的培训。各市、县也组织多期相关业务的培训班。

河北省改革取得了初步成效，全省16.4万名机关事业单位的离退休人员都可以按时足额领到养老金，保障了离退休人员的基本生活，维护了社会的稳定。

在改革前，一些自收自支和差额拨款的事业单位，因单位经济效益不好，拖欠离退休人员养老金的现象时有发生。衡水市河北梆子剧团属差额拨款的事业单位，那些年来因经济效益不好，离退休人员的养老金一直没能全额领到。养老金实行社会统筹后，剧团58名离退休人员每月都可以按时并且分文不少地领到养老金。

解决了一些事业单位养老负担，有利于这些事业单位在走向市场中平等竞争。实行社会统筹，参保单位不论离退休人员多少都按工资总额的一定比例缴费，社会统筹的互济性平衡了养老负担。事业单位离退休人员实现了从单位养老到社会养老的转变。

机关事业单位工作人员按企业职工的相同比例建立养老金个人账户，实现了企、事业单位养老保险制度相互之间的衔接，疏通了人员流动的渠道，在一定程度上解决了现行制度中人员流动的矛盾。

将驻冀部队机关事业单位 1 万多名职工纳入地方养老保险统筹的范围，解决了长期在部队工作的事业单位职工的后顾之忧，支持了军队后勤保障社会化的改革，受到驻冀部队和部队职工的欢迎，在军地双方都引起了较大反响。《解放军报》、《人民日报》等新闻媒体对此作了报道。为机关事业单位养老保险制度的改革进行了尝试和探索。特别是对不同管理形式的事业单位养老保险制度的改革，提供了可供借鉴的做法和经验。

浙江省大力推进社会保障体系建设，并率先在企业职工养老保险制度改革中取得突破，一个覆盖全省城镇各种所有制企业的职工养老保险体系初步形成。

到 1994 年 3 月，全省已有 4 万多家企业、350 万职工参加社会养老保险，其中离退休人员达 69 万人。社会养老保险的覆盖面已扩大到"三资"企业、城镇小集体企业、私营企业和个体劳动者，参加职工达 85 万人，并有 30 多个市县建立了临时工养老保险。全省养老保险基金年收付额高达 38 亿多元。

浙江省城镇职工养老保险制度改革的显著特点是，改革力度大，覆盖城镇各类企业。新的职工养老保险制度使职工基本养老金与全省社会平均工资挂钩，与职工缴纳基本养老保险费和缴费年限挂钩，与职工生活费价格指数挂钩。

尤其在社会平均工资和物价指数提高时，保障了离退休职工工资随之提高和合理补偿，并对全国、省级劳动模范和从事井下、高温、有毒有害工作及因工致残等职工的离退休养老保险合理倾斜。

当时，据部分城市调查统计，实施新的养老保险制度后，离退休职工没有减少收入，并有近 80% 的职工养老保险金有所提高。

李铁映谈养老保险试点工作

1995 年 2 月 13 日，国务委员、国家体改委主任李铁映就如何建立一个符合中国国情的社会保障体制，如何开展养老保险试点工作发表谈话指出：

> 社会保障制度改革是以建立现代企业制度为目标的国有企业改革的重要配套改革之一，养老保险又是今年社会保障制度改革的重点，因此要把这项改革试点抓紧抓好。

李铁映在谈到如何理解社会统筹和个人账户相结合的养老保险制度改革，是多年来这一制度改革的继续和深化问题时指出：

> 目前我们准备实行的社会统筹和个人账户相结合的改革，是一项具有中国特色的新体制。

1984 年，在少数市、县进行了国有企业退休费用社会统筹试点，我国的养老保险逐步开始从企业保险向社会保险转变。1986 年，国务院颁布了《国营企业实行劳动合同制暂行规定》，开始在劳动合同制工人中建立积累式的个人账户。1991 年，国务院对各地养老保险制度改革进行总结，颁布了《关于企业职工养老保险制度改革的决定》，提出了基本养老保险基金实行以支定收、略有节余、留有部分积累的模式。一些地区还进行了社会统筹和个人账户相结合的探索。这些改革探索提供了经验，培养了干部，教育了群众。

在 10 年改革探索的基础上，十四届三中全会"决定"明确城镇职工养老保险金"由单位和个人共同负担，实行社会统筹和个人账户相结合"。这一改革原则已成为共识。

在谈到深化养老保险制度改革的主要内容时，李铁映说：

> 主要内容有 7 个方面：扩大城镇企业职工基本养老保险的范围；职工基本养老保险费用由单位和个人共同负担；合理确定职工基本养老金的保障水平、筹资水平和积累率；职工基本养老保险实行社会统筹和个人账户相结合；建立起退休人员基本养老金的正常调整机制；实行多层次的职工养老保险；提高养老保险管理服务的社会化程度。这 7 个方面改革内容的核心是实行社会统筹和个人账户相结合。

李铁映在谈到实行社会统筹和个人账户相结合这一

养老保险制度的主要特点时指出，一方面是吸取了一些国家在养老保险制度方面的经验教训，另一方面是立足于国情，建立适应社会主义市场经济体制需要的、具有中国特色的新型社会保障制度。这种制度的主要特点是养老主要靠自己的劳动积累。多劳动、多积累的职工，不但在职时能得到较高的工资收入，退休后也会得到良好的保障待遇。

这种办法把每个人退休后的切身利益紧紧地同他在职期间的劳动以及个人和单位的缴费连在一起，可以大大调动职工和企业的积极性，是一种激励机制。这种办法也有利于促使职工积极缴费并督促所在企业缴费，有利于基金的使用、管理，是一种内在约束机制。

李铁映说，在设立个人账户的同时，又必须有一块社会统筹基金，以承担起社会互济的主要功能。统筹互济是实现公平的重要手段之一，是必不可少的。

李铁映强调指出：

> 养老金是投保者的"保命钱"，管好用好，保值增值，这是件大事。养老金的所有权属投保者，不是企业的，也不属管理部门。管理者不能擅自挪用。运营要依法，要有严格有效的监督管理机制。这是各级政府的重要职责。

3 月 16 日，国务院发出《关于深化企业职工养老保险制度改革的通知》，"通知"指出：

《国务院关于企业职工养老保险制度改革的
决定》发布以来，各地区、各有关部门积极进
行企业职工养老保险制度改革，在推进保险费
用社会统筹、扩大保险范围、实行职工个人缴
费制度和进行社会统筹与个人账户相结合试点
等方面取得了一定成效，对保障企业离退休人
员基本生活，维护社会稳定和促进经济发展发
挥了重要作用。但是，由于这项改革尚处于探
索阶段，现行的企业职工养老保险制度还不能
适应建立社会主义市场经济体制的要求，必须
进一步深化改革。

"通知"指出：企业职工养老保险制度改革的目标
是：到20世纪末，基本建立起适应社会主义市场经济体
制要求，适用城镇各类企业职工和个体劳动者，资金来
源多渠道、保障方式多层次、社会统筹与个人账户相结
合、权利与义务相对应、管理服务社会化的养老保险体
系。基本养老保险应逐步做到对各类企业和劳动者统一
制度、统一标准、统一管理和统一调剂使用基金。

"通知"还指出：要实行社会保险行政管理与基金管
理分开、执行机构与监督机构分设的管理体制。社会保
险行政管理部门的主要任务是制订政策、规划，加强监

督、指导。管理社会保险基金一律由社会保险经办机构负责。

各地区和有关部门要设立由政府代表、企业代表、工会代表和离退休人员代表组成的社会保险监督委员会，加强对社会保险政策、法规执行情况和基金管理工作的监督。

对于全国城镇企业职工养老保险工作，"通知"指出：

> 国家体改委要积极参与，可选择一些地方进行深化改革的试点，劳动部要积极给予支持。国家计委、国家经贸委、财政部、中国人民银行等有关部门也应按照各自的职责协同配合，搞好深化改革的工作。

"通知"最后说：深化企业职工养老保险制度改革是一项十分重要的工作，对于完善社会保障体系，促进改革、发展和稳定具有重要意义。各地区、有关部门对这项工作要高度重视，切实加强领导，精心组织实施，积极稳妥地推进，务求抓出实效。对深化改革中出现的新情况、新问题，要及时认真地研究解决，重大问题及时报告。

"通知"发布后，有人说：一只筷子易折，一把筷子难断。实行保险的社会统筹，遵循的就是"筷子道理"。

劳动部要求各地加快改革步伐

1995 年 4 月 19 日，全国社会保险工作会议在北京召开，在会上，劳动部提出，加快养老保险改革，把贯彻社会统筹与个人账户相结合的原则作为核心内容，注重从各地实际出发研究具体实施办法。

劳动部负责人说：

把社会统筹的长处与个人账户的优势结合起来，是借鉴了国际上社会保险发展的经验和教训，是具有中国特色的首创。这种结合，不能简单地理解为社会统筹再加上个人账户，二者应当是相互渗透、相互补充的有机整体。要加深认识，把握其精华，在实践中走出一条符合我国实际的养老保险新路。

劳动部负责人指出，国务院提出的社会统筹与个人账户相结合的两种具体实施办法，其遵循的原则都是一致的，只有属于操作方法和技术上的差异。经过一段时间的实践，有可能相互取长补短，融合为一种办法，也可能由于我国地域广阔、社会经济发展不平衡，形成基本原则一致、具体方法有所区别的一套方法。

这位负责人强调说：

　　各地劳动部门和社会保险机构承担着重大的责任，在具体执行过程中，应当力求避免"邯郸学步"的倾向。不能看到别的地区实行某种办法有成效，就盲目地照搬过来，或把一些既定的比例、数据套在本地区的实施方案上。不同地区的情况差别很大，各地要依据本地的实际，进行精心论证、比较分析、模拟运转，不能怕下"笨工夫"，扎扎实实地做好前期准备工作，才能把社会保险改革健康顺利地进行下去。

　　当时，国务院确定了养老保险改革的方向，即城镇企业职工基本养老保险实行社会统筹和个人账户相结合的原则。国务院领导强调：这是养老保险改革要遵循的重要原则，是一项重要改革，要下大力气认真抓好。

　　基本养老保险金的筹集，过去由国家和企业包下来。改革后分两块，企业出一块，职工个人缴一块。其缴费的规模，一般为企业在职职工工资总额的20%到30%之间，如北京为24%。企业要把这部分钱缴给社会保险部门，社会保险部门统一支配，发放给离退休职工。这就是社会统筹。

　　社会统筹有范围的差别，如在全县范围内的企业间统筹，即为县级统筹，还有地市级统筹、省级统筹。当时，我国国有企业已在全国实现了县级以上基本养老保险统筹，北京、上海、天津、福建等 13 个省、市实现了省级统筹。

尽量扩大统筹的范围，是国际上养老保险普遍遵循的原则。因为保险覆盖的范围越广，抵御风险、抗击经济波动的能力就越强。

扩大统筹，除了要扩大保险的地域范围，还要扩大参加保险的人员范围。当时，我国养老保险的覆盖范围已普遍包括国有企业、集体企业的职工，并逐步向包括三资企业、私营企业、个体工商户职工发展。

上海市个体工商户和私营企业职工养老保险的试点已在全市展开。社会保险发展较快的海南省，1994 年通过省人大立法形式，把养老保险的范围扩大到省内的所有从业人员，既包括了所有企业的职工，也包括了党政机关工作人员。

据有关部门统计，当时集体企业参加社会统筹的县市，全国已超过了 2000 个。三资企业参加社会统筹的县市超过了 1000 个。

保险制度改革后，职工要从自己收入中拿出一部分积累，职工中有不愿缴纳保险金的现象。另外，一些企业从本身利益出发，利用职工对社会保险认识的不足或蓄意损害职工利益，瞒报、少报职工人数和收入水平，以少缴保险金或不参加养老保险的社会统筹。这是社会保险制度改革中的一个难题。

为解决这一棘手的问题，不少地区作了有益的探索，进行了养老保险设立个人账户的试点。如上海、宁波、深圳等市就已实行养老保险设立个人账户制度，即给每个参加养老保险的职工建立一个终生不变的养老保险账户，记录在职期间职工个人缴纳的养老保险费和单位缴纳的养老保险费的部分。

个人养老保险账户储存额，按不低于居民定期存款的利率计算利息。职工在职期间不能支取，退休后按月领取一定数额，保障基本生活。职工死亡后，其个人账户中属于职工个人缴纳部分的余额，可一次性发给其法定继承人。

设立个人账户的目的，在于提高养老保险的透明度，使每个职工知道自己养老保险有多少钱，提高参加养老保险社会统筹的积极性。同时可利于职工监督企业，足额参加养老保险社会统筹，有利于保险费的征集。

社会保险部门按照同样的比例，向各类企业收取养老保险费，划出一部分在统筹范围内调剂使用，这样，无论是老企业、新企业，养老保险的负担是均衡的，体现了社会公平。

与此同时，建立个人账户，劳动贡献大，工资收入高者，记入个人账户的保险金就多，退休后领到的退休金就多，就体现了效率。

以上海市为例，每个企业都按职工工资总额的

28.5%缴纳养老保险费，其中25%左右用来支付离退休人员的离退休金，3%左右用于积累；同时，28.5%中划出16%建立个人账户。从企业角度看，28.5%负担是均衡的；从职工个人角度看，劳动贡献大、缴费多的职工，个人账户中的储蓄额就多，退休后计发的养老金也就多。一个月工资200元和一个月工资400元的职工，其进入个人账户的保险费多少不一样。

当然，在改革过程中也出现了一些问题。一些地方的社会保险基金经办管理机构挤占、挪用职工养老和待业保险基金问题相当突出。

个别社会保险基金管理部门为了捞取高额利息收入，擅自将职工养老和待业保险基金向社会放贷，有的放贷后沉淀呆滞，已经无法收回。有的是参与炒股等高风险经营。

上述行为，不仅严重违反了国家财经纪律，也给社会保险事业造成了难以挽回的损失。挤占、挪用社会养老和待业保险基金大多属政府行为，有的地方由于这两项基金被大量挤占、挪用，已经出现了收不抵支现象。

《劳动法》、国务院《关于企业职工养老保险制度改革的决定》及财政部、劳动部《关于加强企业职工社会保险基金投资管理的暂行规定》等法律、文件明确规定：社会保险基金经办机构要依照法律规定收支、管理和运营社会保险基金，并负有使社会保险基金保值增值的责任。

职工养老和待业保险基金除保证支付职工生活保险费外，收支相抵后的结余部分主要用于购买国家债券。不少企业在效益不好、资金十分紧张的情况下，克服困难，积极参加职工养老和待业保险基金统筹，目的是想通过社会保障制度的改革，解除企业和职工的后顾之忧。他们把这两项基金称作"活命钱"、"养命钱"。

针对这种情况，各地政府加大监督力量，有关部门加强职工养老和待业保险基金的管理，并尽快对基金的管理使用情况作了认真的检查清理，发现挤占、挪用问题，限期收回，对造成损失的，追究有关部门领导和责任人员的行政乃至刑事责任。

召开农村社会养老保险会议

1995 年 10 月 15 日，全国农村社会养老保险会议在杭州召开。这次会议提出，当前农村养老保险要强化管理、稳步推进，既不能先抓发展，再抓管理，更不能片面追求发展速度，忽视发展中的管理，使农村社会养老保险迈向健康、有序发展的新阶段。

民政部部长多吉才让在会上指出：

农村社会养老保险事业能否健康发展，从一定意义上讲，取决于管理。目前，在已经开展或正在开展农村社会养老保险的地区，管理工作还没有跟上去，整体管理水平尚待提高。

多吉才让指出，必须切实保证养老保险基金增值，不允许搞任何风险投资，不允许挪作他用，不许出任何问题。强化管理的重点是建立、健全各项管理制度，严格按制度办事，按规则运作，加强检查、监督。

就农村社会保险的发展问题，多吉才让指出：

稳步推进的基本要求是因地制宜，有条件搞但还没开展养老保险的地方，要尽早启动；

已经开展但还没有形成规模的地方，要努力形
成规模；已经形成规模的地方，要在强化管理
的基础上稳步发展。

多吉才让强调，稳步推进农村社会养老保险是有地
区区别的，不同经济发展水平的地区，发展速度，发展
规模允许有所不同，已经具备条件的地方，发展力度要
大些，速度可以快些；那些尚未解决温饱，条件尚不具
备或基本不具备的地方，就不要强行推进，更不能搞强
迫命令。

在中央政策的支持下，我国农村养老保险发展十分
迅速。

当时，吉林省参加保险的农村人员已近18万，收缴
养老基金3000万元，一些农民已开始按月从保险公司领
取养老保险金。吉林省各市县保险公司全部建立了农村
社会养老保险机构，全省50个市县（市、区）全部开展
了农村养老保险业务。

率先试点并一直走在全国前头的山东省农村社会养
老保险事业，改变了农民"养儿防老"的传统观念。农
民群众称这项事业等于为自己建了座没有围墙的"敬老
院"。

经过数年探索，山东省走出了一条以个人缴纳为主、
集体补助为辅、国家予以政策扶持的"储备积累式"的
农村社会养老保险的路子。从1991年试点到1995年10

月底，全省 17 个地市中已有 135 个县市区、2276 个乡镇、5130 个乡镇企业、7.1303 万个行政村开展起这项事业，共有 1600 万人投保，占适龄投保对象的 50%；共收取保费 13 亿元，积累基金总额 15 亿元；共有 2.4568 万人开始领取养老金，累计发放养老金 460 万元。

山东省农村社会养老保险之所以发展这么快，关键在于各级党委、政府真正把这项工作纳入当地国民经济和社会发展的总体规划。

为了把农民投保的"血汗钱"管好用好，山东省各地采取了一系列切实有效的措施，严格基金运营渠道，明确基金运营纪律，完善基金管理监督机制、使养老金运转管理规范化、科学化，保证了基金不出漏洞。

山东省开展农村社会养老保险事业虽然只有短短几年时间，却取得了明显的社会效果。据烟台市统计，自开展农村社会养老保险以来，全市共有 7600 对育龄夫妇主动退掉了二胎生育指标，有力地促进了计划生育基本国策的落实。

到 1996 年 4 月，安徽 95% 的乡镇的 200 万农村各类劳动力参加了社会养老保险，积累保险基金 2.2 亿多元。安徽省从 1991 年开始，以保障农村劳动者年老时基本生活为目标，以建立个人账户为核心，采取政府组织引导和农民自愿相结合的办法开展农村社会养老保险。

在资金筹集上，他们以个人缴纳为主，集体补助为辅，国家予以政策扶持。积累的保险基金通过认购国家债券和存入县级以上银行专户予以保值增值。

山东莱州市光明村实行村民"养老退休制"。凡年满65周岁的本村村民均可按规定享受本村"养老退休金"。到1996年6月，全村已有146名退休农民喜领"养老退休金"。

7月22日，由劳动部、民政部、复旦大学、美国纽约人寿环球控股公司联合主办的"社会保障与养老保险"国际研讨会在上海举行。

社会保障与养老保险在世界上许多国家都是关系社会安定和经济发展的重要课题与热点问题。随着社会主义经济体制改革的进一步深化和人口老龄化趋势的加强，这一问题在中国显得越来越迫切，其重要性也愈来愈为社会各界所认识。

研讨会围绕养老保险这一中心议题，结合中国改革实际，对社会保障体制的模型设计及转轨中存在的问题、社会保险与商业保险的关系、养老保险基金的保值与增值等进行了专题讨论。

国务院统一基本养老保险制度

1997 年 7 月，国务院颁布《关于建立统一的企业职工基本养老保险制度的决定》，为解决养老保险制度多种方案并存的破碎局面，采取了以下果断的措施：

（1）在养老保险费的筹集方面，按职工工资的 11% 建立养老保险个人账户，其中个人缴费最终上升到 8%，企业缴费划入的部分最终降低到 3%。

（2）在企业缴费的控制方面，企业缴费（含划入个人账户部分）的费率不得超过工资总额的 20%。

（3）养老金的构成由基础养老金和个人账户两部分组成。

（4）将 11 个行业统筹划归地方社会保险机构管理。至 1997 年末，11 个参加行业统筹的在职职工人数为 1400 万人，占国有企业职工总数的 15.8%，离退休人员 360 万人，占参加统筹企业离退休人数的 13.2%。

（5）为了加速养老保险制度改革，国务院还决定在行业统筹移交地方统一管理的同时，加大推进省级养老保险统筹的力度，确立了基本养老保险基金省级调剂金制度的推进计划。

7月30日，国务院总理李鹏在北京会见全国统一企业职工基本养老保险制度工作会议代表。

国务院副总理朱镕基、吴邦国和国务委员李铁映、罗干参加了这次会见。

在谈话时，李鹏指出：

当前我国正处在由计划经济向社会主义市场经济转轨的重要时期，因此，建立健全社会保障体系意义重大。各地要认真贯彻《国务院关于建立统一的企业职工基本养老保险制度的决定》及其部署，逐步建立起适应社会主义市场经济和中国国情的社会保障制度。

李鹏说，我国要建立多层次的社会保障体系，由政府强制实行的基本养老保险是最重要、最基本的部分。最近，国务院又发出文件，决定统一企业职工的基本养老保险制度。贯彻好这个文件，对于促进企业改革、维护社会稳定、建立社会主义市场经济体制具有十分重要的意义。

李鹏指出，当前我国处在转轨时期，在这个阶段会出现一些问题，其中之一就是有的企业生产经营状况不好，有的企业发不出工资，也发不出养老金，有的企业甚至会倒闭，造成了社会不稳定的因素。面对这些问题我们应当有一个正确的认识，要看到这是转轨过程中的暂时现象。我们要面对困难，克服困难，迎接挑战。除了搞好企业外，就是要建立一个比较完善的社会保障体系。经过这几年的试点，我们对建立养老保险制度的认识基本统一，这就是我们的养老保险要实行社会统筹与个人账户相结合，基本的养老保险标准不可能定得很高。

李鹏强调，各地区要按照国务院的部署和要求，尽快统一企业职工基本养老保险制，逐步提高统筹层次，原则上实现省级统筹。为了贯彻按劳分配原则，还可以建立企业补充保险，个人也可以投保，而且还要发展商业保险，形成多层次的保险制度。我们相信，这个制度的建立，能使我们企业职工的晚年生活有保障。

李鹏接着指出；由于诸多原因，当前有些企业生产状况不好，职工的生活遇到了一定的困难。党中央、国务院对此十分重视，想了很多办法。很重要的一点，就是要求各地建立最低生活保障制度，这个措施是非常必要的。各级政府要拿出一部分钱，办好这件事，保障城镇居民基本生活的需要，确保社会稳定。然后，通过企业重组，通过培训，使下岗职工可以重新就业。各地要逐步扩大最低生活保障制度的实施范围，不断完善这个制度。

李鹏强调说，现在有的地方建立起了职工最低生活保障制度，要保证把这笔钱如数发到职工的手里，决不能克扣。有的地方党政领导与困难企业和职工建立了联系制度，帮助职工克服困难，产生了很好的社会效果。我们是社会主义国家，当前又处在转轨时期，我们要发扬党的优良传统和团结互助的精神，这样就能克服当前所面临的困难。

国务院副总理朱镕基、吴邦国出席了当天的全国统一企业职工基本养老保险制度工作会议。

在会议闭幕式上，他们听取了会议代表的讨论汇报，并发表了重要讲话。国务委员李铁映作了总结讲话。

李铁映说：

> 这次会议形成了尽快统一企业职工基本养老保险制度的广泛共识，代表们认为，《国务院关于建立统一的企业职工基本养老保险制度的决定》在坚持养老保险制度改革的目标、原则和总结各地试点经验的基础上，统一了城镇企业职工基本养老保险的制度结构，明确了国家、企业和职工个人的责任，界定了适合我国生产力发展水平的养老金标准，规范了养老保险基金的管理办法。

李铁映说，统一企业职工基本养老保险制度是一项覆盖全国范围、影响极其深远的制度规范工作，需要各级党委和政府的坚强领导。统一企业职工基本养老保险制度不仅仅是原有的各种改革方案向新制度的简单并轨，而且在一定意义上还包含着利益格局的相应调整，希望各部门相互支持、通力合作。劳动部要会同国家体改委等有关部门，加强工作指导和监督检查，保证国务院政令畅通无阻。

李铁映要求，会议之后，各地区、各部门要充分利用近年来养老保险制度改革的群众基础、组织资源、数据信息和试点经验，高起点地开展统一制度的工作。国家有关部门要加快制定各种实施细则和指导性意见，并经国务院办公厅统一协调后发布实施，确保政令统一。各地区也不得出台与国务院"决定"不相符合的其他规定，某些确实需要结合当地实际、有所变通的具体办法，必须按照程序报国家有关部门批准，不可擅自决定。

四、 深化完善

● 江泽民说："社会保障的主要作用，是帮助
  人们降低生活和工作中可能遇到的风险……
  …"

● 李鹏说："建立和完善社会保障制度，关系
  改革、发展、稳定的全局。"

● 朱镕基笑着说："见到这么多'小巷总理'，
  我也很高兴，大家都是总理，就开个'总理
  碰头会吧'。"

中央阐述社会保障的重要性

1998 年 12 月 15 日，中共中央第二次法制讲座在人民大会堂举行。

这次讲座的内容是社会保障与法制建设。中共中央总书记江泽民主持讲座并讲话。

江泽民说：

社会保障，是一个很重要的经济和社会问题。社会保障的主要作用，是帮助人们降低生活和工作中可能遇到的风险，保障社会成员的基本生活，增强他们的生活安全感。社会保障体系是否健全，这方面的法制是否完备，对一个国家的经济发展和社会稳定，会产生直接的影响。

党的"十五大"明确提出，建立社会保障体系，实行社会统筹和个人账户相结合的养老、医疗保险制度，完善失业保障和社会救济制度，提供最基本的社会保障。

我国的养老保险、失业保险、医疗保险、国有企业下岗职工基本生活保障和城镇居民最低生活保障等，取得了显著的成绩。各地区各部门在改革社会保障制度、加强社会保障工作中，也积累了新的重要经验。

2000 年 8 月 25 日，九届全国人大常委会举行第十六次法制讲座。讲座的主题是完善我国的社会保障法律制度。

李鹏委员长主持讲座并发表讲话。李鹏说：

> 建立和完善社会保障制度，关系改革、发展、稳定的全局。无论是推进国有企业改革，建立社会主义市场经济体制，还是调整经济结构，促进经济发展，保持社会稳定，都迫切需要建立比较完善的社会保障制度。因此，中央提出，要把这项工作作为当前一项重点任务抓紧抓好。

李鹏强调，适应建立和完善社会保障制度的需要，当前还必须加强社会保障的法制建设，将社会保障的各项工作逐步纳入法制化、规范化的轨道。

到 2001 年 12 月 22 日，针对出现的问题，劳动和社会保障部颁布了《关于完善城镇职工基本养老保险政策有关问题的通知》，对各种非稳定的、不能连续就业的以及各种形式的就业人员的养老保险关系的管理、缴费和给付作了补充。

2002 年 9 月 12 日，中共中央、国务院在京召开全国再就业工作会议。

深化完善

中共中央政治局常委、国务院总理朱镕基主持会议。中共中央政治局常委李瑞环、胡锦涛、尉健行、李岚清出席了会议。

江泽民强调：

> 国有企业下岗失业人员，为国家建设作出过贡献，理应得到国家和社会的关心和帮助。解决好他们的再就业问题，是整个就业工作的重中之重，是各级党委和政府以及全社会义不容辞的责任。各级党委和政府一定要下更大的决心，花更大的力气，采取更加有力的措施，切实做好再就业工作。

国务院副总理吴邦国在会上作工作报告。他说：

> 自1998年5月中共中央、国务院召开国有企业下岗职工基本生活保障和再就业工作会议以来，各地区、各部门做了大量工作，取得了重大进展。

湖南在改革传统社会保障制度、建立适应社会主义市场经济要求的社会保障制度方面进行了积极的探索，社会保障事业发展较快，为促进经济发展和社会稳定作出了积极贡献。

到后来的 2004 年，随着工伤、生育保险正式启动实施，湖南省基本形成了由基本养老、基本医疗、失业、工伤、生育保险等五大险种组成的，独立于企业事业单位之外、资金来源多元化、保障制度规范化、管理服务社会化的社保体系框架。

　　全省各地在继续抓好国有、集体企业社会保险工作的同时，将扩大社会保险的覆盖面重点向非公有制经济的民营企业、外资企业和私营个体工商户推广。

　　特别是对于在企业改制过程中与原单位解除劳动关系走向社会的职工，及时为他们办理接续社会保险的服务工作，防止参保人员的流失。

　　经过不懈的努力，湖南省在各级党委和政府的部署下，基本构筑起以五大险种为主体、覆盖各类人群的社保"安全网"；建立起独立于企业事业单位之外、资金来源多元化、保障制度规范化、管理服务社会化的社保体系框架。湖南的社会保障体系建设正朝着稳定、可持续的方向发展。

国务院颁布《城市居民最低生活保障条例》

1999 年，国务院颁布《城市居民最低生活保障条例》，对城市居民最低生活保障的保障对象、保障标准、资金来源等进行规范，并提出实现应保尽保的目标。老年人、残疾人和孤残儿童的社会福利制度得到了进一步发展。

2000 年，国务院颁发《关于印发完善城镇社会保障体系试点方案的通知》。2001 年 7 月，国务院关于同意辽宁省完善城镇社会保障体系试点实施方案的批复，完善城镇社会保障体系正式开始在辽宁进行试点。

辽宁省颁布了《完善城镇社会保障体系试点实施方案》。"方案"指出：

从 2001 年起建立省级调剂金，由各市按当期征缴基本养老保险统筹基金的 5% 按时足额上缴省社会保障基金财政专户，专项用于当年各市养老保险基金缺口的调剂。调剂金实行季度上缴、年度核算。

2002 年 4 月 8 日，《经济日报》发表了《进一步完善城镇社会保障体系——辽宁省试点工作调查报告》。"报告"说明：

> 辽宁是全国唯一的、由国务院直接指导的
> 完善城镇社会保障体系试点省。认真总结和研
> 究该省一年多来的经验和问题，具有重要意义。

　　实践证明，辽宁省试点工作进展比较顺利，其经验一是加强领导，加快工作节奏，全力做好社保试点工作；二是开展国企职工状况普查，为正确决策打好基础；三是制定试点配套政策，严格区别政策界限；四是培训骨干队伍，多方筹措资金；五是把完善社会保障体系试点工作与促进再就业结合起来；六是建立独立于企事业单位之外的社保体系必须打好社区建设的基础，使社区成为社会保障管理和服务的承办主体。

　　在后来的 2003 年 7 月，国务院总理朱镕基主持总理办公会议，专题听取辽宁省关于完善城镇社会保障体系试点情况汇报。

　　朱镕基强调，健全和完善社会保障体系，构筑与社会主义市场经济发展相适应的社会安全网，是实践"三个代表"重要思想的具体体现，是建立和完善社会主义市场经济体制的重要方面，事关改革、发展、稳定大局。各有关地区和部门要按照党的"十六大"提出的要求，总结经验，加强领导，精心组织，稳步推进完善城镇社会保障体系试点工作，不断健全和完善社会保障体系。

● 深化完善

据辽宁省汇报，自2001年7月国务院批准实施辽宁完善城镇社会保障体系试点方案以来，在各有关部门支持下，辽宁省按照试点方案确定的目标、原则和主要任务要求，精心组织，周密部署，稳步推进，试点工作进展顺利，成效显著。

到后来的2004年，试点扩大到吉林、黑龙江两省，进而扩大到全国各地。

吉林省经过两年的"试验"，养老保险制度改革取得显著成效。吉林省通过调整和完善基本养老金计发办法，初步构建了养老保险长效机制；通过逐步做实基本养老保险个人账户，改进了养老保险基金管理方式；养老保险等社会保障制度进一步健全完善。

吉林省的经验和做法得到了国家的充分肯定，在《国务院关于完善企业职工基本养老保险制度的决定》中予以吸收采纳。国务院试点办多次调研评估后认为，吉林省的试点工作基本完成各项任务，取得成功，并决定在吉林举办面向全国的基本养老金计发办法改革培训研讨班，推广经验，扩大试点成果。

朱镕基在辽宁调研社会保障问题

2000 年 4 月 28 日，国务院总理朱镕基来到大连。

在大连市中山区政府礼堂，居委会主任祝捷在大连市街道、居委会主任座谈会上说道："我们这些居委会干部被居民称为'小巷总理'，国家总理来看我们'小巷总理'，听我们的意见，我们真是太激动、太高兴了。"

朱镕基笑着说："见到这么多'小巷总理'，我也很高兴，大家都是总理，就开个'总理碰头会'吧。"

在辽宁调研的 9 天时间，朱镕基多次同居委会主任座谈，共商构建社会保障"安全网"的大计。他说："你们的工作很重要，很光荣，很辛苦，我要感谢你们。"

4 月 21 日，在煤都抚顺召开的社会保障工作座谈会上，在居委会工作了 20 多年的老主任郑桂兰的一席话，引起了朱镕基总理的极大兴趣。

郑桂兰说："我们和平街道第九居委会现有 1356 户家庭，共 4632 人。这几年，我们委内陆续有 252 名职工下岗，他们的生活遇到了困难，我们看在眼里，急在心上。

"为了了解情况，居委会挨家挨户走访，谁家有下岗的，什么原因下岗，家庭状况如何，有哪些就业要求，生活有什么困难，我都清清楚楚。"

朱镕基全神贯注地听着郑桂兰的讲述。

郑桂兰继续讲述道："我们居委会有《下岗职工登记卡》、《下岗职工名册》、《下岗职工安置名册》。我们就是要把居委会办成下岗职工的家。

"居民孙彩云一家有4口都是钢厂下岗职工，生活来源就靠老头老太太的退休金，我们居委会帮他们跑厂房，办执照，成立了大众浴池，不仅使他们全家有了工作，还安排13名下岗职工就业。现在，全委252名下岗职工全部实现再就业。"

朱镕基关切地问："目前的最低生活保障费够不够维持基本生活？"

郑桂兰回答说："我们市最低生活保障费是每人每月156元。但不太够，还要缴水电费。您是政府最大的官，我是最小的官。我没有别的要求，就是请求总理多给下岗职工一点优惠政策。"

朱镕基接过郑桂兰的话说："我到辽宁来就是要解决社会保障的问题。"

朱镕基继续说道："最低生活保障的标准要保证居民的基本生活，但不能太高，否则国家负担不起，也不利于促进下岗人员再就业。这个问题还要进一步调研。

"居委会工作很重要，很光荣，也很辛苦。我要对你们表示感谢，因为你们不辞辛劳，不怕麻烦，为居民排忧解难。今后要加强这方面的工作，保证城市每一个困难居民的生活都在最低保障线之上。"

郑桂兰的发言引起了朱镕基总理的深思。

4月22日，朱镕基在钢城鞍山再次召开社会保障工作座谈会。

一进会场，他就查看参加座谈会的人员名单，发现没有居委会干部参加，马上要求会务人员请一位居委会主任来。

半个小时后，鞍山市立山区源北居委会主任张秀芬赶到会场。朱镕基说："我就想问几个问题。请你告诉我，你们那个居委会现在一年的最低生活保障费发多少钱？"

张秀芬回答说："每人月标准195元。"

朱镕基问道："一个有劳动力的家庭，如果这个劳动力失业了或下岗了，又没有养老金，是不是在你管的范围内？"

"是。经过居委会调查这些人所在单位，把实际情况上报街道办事处，再上报市一级，批准后，就可以享受城市最低生活保障。"

张秀芬接着汇报："我们居委会原有12户31名收入低于城市最低生活保障线的居民，经过个人申请、居委会核实、街道和民政局批准，现在已全部纳入城市最低生活保障范围。"

朱镕基说："保持社会稳定，居委会担负着很重要的工作。在新型社会保障体系的建立中，居委会要起很大的作用，因为它天天跟居民接触，谁有什么收入，谁隐性就业，他们都清楚。这就是新型社会保障体系的基础。"

张秀芬不住地点头。

朱镕基接着说："你们的工作严密、细致、周到、体贴，我要向你们学习。"

为进一步了解街道和居委会的工作，到达在辽宁考察的最后一站大连时，朱镕基改变原定计划，增加了实地考察街道办事处和居民委员会的内容，并专门召开了街道、居委会负责人座谈会。

在服务中心企业离退休人员管理服务站，朱镕基认真翻看企业离退休人员社会化管理信息表。

街道办事处副主任郝晓蓓介绍："大连从 1997 年开始就逐步实行退休人员由社区管理了。"

朱镕基问："你们街道有多少退休职工？"

"4111 人。"

"社区都管起来了吗？"

"有 650 人属于社区管理，其他还是原单位管。以后要逐步纳入社区。"

在服务中心社会保障受理处，工作人员介绍，桂林区有 80 户共 101 人享受最低生活保障。

朱镕基请工作人员调出一位享受最低保障的居民的资料。

看到电脑上 "272 元" 的保障金数，朱镕基问："大连的最低保障线不是 221 元吗，他怎么是 272 元呢？"

街政科科长鲍萍解释说："本来是 221 元。按大连市的规定，残疾、单身、无劳动能力的，可以上浮 30%，所以他的最低保障收入是 272 元。"

她递给朱镕基一张"帮困卡"说："我们街道对困难居民实行'一户一策'，针对不同的困难状况，给予不同的资助。除了最低保障费外，困难户每年还能享受市里和区里的临时救济。"

朱镕基随后来到附近的桂林街道湖畔居委会。

居委会党支部书记郭玉春向朱镕基介绍，居委会共有 6 名干部，分管 779 户共 2325 人。

朱镕基问："效率很高啊！你们是怎么分工的?"

郭玉春说："书记、主任、副主任、计生专干、治保主任、卫生主任。工作分解为 143 项，包括文化生活、下岗就业等很多方面。"

朱镕基问："我在桂林街道社区服务中心看到居民档案管理得很好，你们这里有没有?"

"有。"

居委会主任姜美馥从柜中拿出一本《桂林辖区居民家庭情况登记表》给朱镕基。

朱镕基仔细看着登记表，问："这上面没有家庭收入登记，你们怎么知道居民生活困难不困难?"

郭玉春又拿出一本《城市居民最低保障金申请审批表》说："居民申报最低保障，都要到我们这里登记。"

朱镕基饶有兴趣地看着"审批表"说："项目很全，

怎么管理呢?"

"这个审批表一式三份,居委会一份,街道一份,区民政局一份。编号也都一样。"

"这样好,管理严密,查起来也方便。"

朱镕基对陪同考察的劳动和社会保障部部长张左已说:"很不错。看来,居委会在新型社会保障体系中是能够发挥重要作用的,也是可以放心的。"

朱镕基最后对大家说:"希望你们发挥更大作用,让我们共同努力。"

通过座谈、实地考察以及和街道、居委会同志的多次直接交谈,朱镕基对构建社会保障"安全网"的思路更加清晰了。

第二天上午,朱镕基再次请来街道办事处和居委会的同志,开了个大型座谈会。10时15分,朱镕基快步来到会场。

西岗区黄河路街道振华居委会主任祝捷发言说:"您是国务院总理,群众称我是'小巷总理',能向国务院总理汇报,我很激动,昨天一宿都没睡好。"

祝捷话题一转,含笑说道:"但是总理呀,我还想批评您几句,我们在这里望眼欲穿,真怕您不来了。您看,您来晚了,我们汇报的时间就更少了。"

"对不起,刚才在街道和居委会多待了些时间。作为补偿,你们可以放开讲,不受时间限制。"朱镕基诚恳接受批评,引来与会者热烈的掌声。

接着，以个人名字命名的大连职业介绍所所长戚秀玉汇报："我们的主要工作是为下岗职工提供再就业服务，两年来共介绍下岗职工和各类求职者 2.6 万人上岗。"

听到这里，朱镕基禁不住称赞："你真了不起！"又开玩笑地说："你可以当劳动和社会保障部的副部长了。"

从 1998 年 1 月起，大连市实行即时服务，公开向社会承诺，只要下岗职工不挑不拣，保证 48 小时就业。戚秀玉带着 20 个人 24 小时服务，到现在，仅戚秀玉职业介绍所介绍即时上岗的就达 8000 多人。

朱镕基说："以个人名字命名职业介绍所是一个特色。我认为这很好，有了名，也就有了责任，有了信誉，工作更有成效，联系群众也更密切。"

他又对戚秀玉说："国务院提倡'廉政、勤政、务实、高效'，你的效率很高，两年就介绍两万多人就业，我要向你学习。"

不知不觉已是 11 时 30 分，主持会议的市委书记、市长薄熙来问总理："时间比较晚了，最后一位同志是不是不讲了？"

"请继续讲。"朱镕基说。

薄熙来又问最后一位发言者、西岗区红岩街道平等居委会主任林月香："能不能节省一点时间，用 5 分钟时间汇报？"

林月香着急地说："时间是其他发言人耽误的。原来说的让我讲 10 分钟就 10 分钟，我保证不超时。"

听完大家的汇报，朱镕基满怀深情地说："你们的发言使我深有感触。正如大家讲的，我们都是一样的。我是国务院总理，你们是大街小巷的'总理'，你们的工作联系着千家万户，做到了严密、细致、周到、体贴。我应该向你们学习。"

朱镕基说："大连的社会保障工作走在了前面，你们功不可没，应该大力宣传。国有企业改革的深入进行，国家的长治久安，都迫切需要建立一个独立于企业之外的统一、规范、完善的社会保障体系。请你们考虑，居委会能不能在这方面多承担些责任。我多次讲过，你们的工作很重要、很光荣，也很辛苦，在社会稳定、经济发展中起着十分重要的作用。这里，我代表国务院向你们表示崇高的敬意和衷心的感谢。"

社保试点，使辽宁这样一个国有企业十分集中、计划经济色彩非常浓重的省份，实现了百万职工的战略大转移，拉动了第三产业和民营经济的大发展，改变了辽宁重重轻轻的传统产业结构，为实现辽宁经济的跨越式发展打下了体制基础。

加快步伐建立社会保障体系

2000 年 5 月 26 日，朱镕基在中南海主持召开进一步完善社会保障体系座谈会。

国务院有关部门和北京、河北、内蒙古、辽宁、陕西等省区市有关负责同志，汇报了确保离退休人员养老金和确保下岗职工基本生活费发放工作的情况，并对进一步完善社会保障体系提出了建议。

朱镕基在会上发表了重要讲话。朱镕基指出，建立全国统一、规范和完善的社会保障体系，必须明确和把握以下几点：

一是社会保障体系必须真正独立于企业事业单位之外。

二是社会基本保障的标准必须与我国经济发展水平以及各方面的承受能力相适应。

三是由近及远，首先完善现行的三条社会保障线，即社会基本养老保险制度、下岗职工基本生活保障和失业保险制度、城市居民最低生活保障制度。

四是实现社会保障管理和服务的社会化。

五是健全社会保险基金的监管和保值增值

机制。

六是逐步建立功能齐全、覆盖面广、规范透明的社会保障体系信息网络，实行现代化管理。

七是加快社会保障法制建设，依法规范和管理社会保障工作。

朱镕基强调，进一步完善社会保障体系，关键在于有一个稳定、可靠的资金筹措机制。

首先，必须依法扩大社会保险覆盖范围，提高收缴率。城镇各类企业事业单位及其职工都要依法按时足额缴纳社会保险费。要堵塞漏洞，应收尽收，减少流失。

同时，各级财政要进一步调整预算支出结构，提高社会保障支出的比重。朱镕基说，必须进一步拓宽思路，积极开辟新的筹资渠道。抓紧研究变现部分国有资产、发行社会保障长期债券以及其他可行的办法，以建立一个全国性的社会保障基金。

国务院近日将发出《关于切实做好企业离退休人员基本养老金按时足额发放和国有企业下岗职工基本生活保障工作的通知》，各地和有关部门都要认真贯彻执行。

对此，朱镕基强调：

要确保离退休人员基本养老保险金和国有企业下岗职工基本生活费按时足额发放，今年无论如何不能再发生新的拖欠，前几个月拖欠的在今年内一定要尽快补上，以取信于民。

要认真总结陕西、北京、大连等地"两个确保"工作的好经验，加以表彰和推广。

对再发生拖欠的地区，要通报批评。今年务必实现基本养老保险费由差额缴拨改为全额缴拨，并基本实现养老金的社会化发放。

各地区要千方百计增加社会保险基金，今年预算超收的财力应主要用于补充社会保障基金。对于那些各项工作到位，资金仍有缺口的困难地区，中央将给予适当补助。

朱镕基最后说，完善社会保障体系是一项艰巨而复杂的工作，必须进一步加强领导，周密筹划，有步骤地推进。

从2003年3月到2008年3月，5年过去了，在这5年的时间里，成都市农民工从无到有、从少到多，实现了退休有社保、看病有政府补贴、受伤有基金报销的与城里人一样的梦想。

5年里，尿毒症患者凭着医疗保险顽强地生存了下来，女农民工生小孩享受到了生育保险的补贴，每年都可以享受免费健康体检……一系列惠民政策让农民工感受到生活、工作更加有保障，更加美好了。

回顾综合保险5年走过的历程，没有太多赞美词汇的农民工们只能常常用"好"、"实惠"来表达这一切。

国务院颁布养老保险制度决定

2005 年 12 月 3 日，国务院发布《关于完善企业职工基本养老保险制度的决定》，从 2006 年起又将试点改革扩大到除东北三省之外的 8 个省、区、市，包括天津、上海、山东、山西、湖北、湖南、河南和新疆。

城镇各类企业职工、个体工商户和灵活就业人员都要参加企业职工基本养老保险。当前及今后一个时期，要以非公有制企业、城镇个体工商户和灵活就业人员参保工作为重点，扩大基本养老保险覆盖范围。

要进一步落实国家有关社会保险补贴政策，帮助就业困难人员参保缴费。城镇个体工商户和灵活就业人员参加基本养老保险的缴费基数为当地上年度在岗职工平均工资，缴费比例为20%，其中8%记入个人账户，退休后按企业职工基本养老金计发办法计发基本养老金。

在养老保险方面，在总结东北三省试点的基础上，国务院发布的《关于完善企业职工基本养老保险制度的决定》将城镇企业职工基本养老保险的覆盖面进一步扩大到个体工商户和灵活就业人员，调整个人账户规模和基本养老金计发办法，扩大做实个人账户试点，建立基本养老金正常调整机制，并加快提高统筹层次，实现省级统筹。

同时，加快发展企业年金制度，开始积极探索农村养老保险制度。在医疗保险方面，进一步扩大城镇职工基本医疗保险覆盖范围，制定和完善农民工参加大病医疗保险的办法，大力发展农村新型合作医疗制度。

国务院新闻办发布的《关于完善企业职工基本养老保险制度的决定》指出：

> 从 2006 年 1 月 1 日起，改变过去社会统筹与个人账户相结合的养老金制度模式，养老金个人账户的规模全部由个人缴费形成，单位缴费不再划入个人账户。单位缴费将全部用于社会统筹，确保当期的基本养老金发放；个人缴费则全部用于积累，用于本人将来的养老问题。

从 1998 年起，天津将市经济技术开发区、保税区和科技园区纳入全市统筹。1998 年 9 月，根据国务院决定，中央 11 个行业的养老保险统筹移交地方管理。

截止到 2006 年末，全国基本养老保险、基本医疗保险、失业保险、工伤保险和生育保险参保人数分别达到 18766 万人、15732 万人、11187 万人、10268 万人和 6459 万人，有 2241 万城市居民和 1509 万农民享受最低生活保障，5400 万人参加农村养老保险。

2006 年，国务院颁布了《国务院关于解决农民工问题的若干意见》，国务院办公厅转发《劳动保障部关于做好被征地农民就业培训和社会保障工作指导意见的通知》，推进农民工和被征地农民的社会保障制度建设。主要内容如下：

高度重视农民工社会保障工作……

依法将农民工纳入工伤保险范围。各地要认真贯彻落实《工伤保险条例》。所有用人单位必须及时为农民工办理参加工伤保险手续，并按时足额缴纳工伤保险费。

抓紧解决农民工大病医疗保障问题。各统筹地区要采取建立大病医疗保险统筹基金的办法，重点解决农民工进城务工期间的住院医疗保障问题……

2006年4月，河南省人民政府发布《关于解决农民工问题的实施意见》，提出：

建立农民工工资支付保障制度。严格规范用人单位工资支付行为，确保农民工工资按时足额发放给本人，做到工资发放月清月结或按劳动合同约定执行。建立保障农民工工资正常支付的长效机制，落实工资支付监控制度和工资保证金制度。

2006 年 7 月 21 日，《河南省进城务工就业人员权益保障条例（草案）》在河南省内媒体公布，向社会公开征求意见。

作为全国第一部以维护农民工合法权益为宗旨的地方性法规，河南此举立刻引起全国的瞩目。专家认为，农民工是生活在社会底层的困难群体，建设和谐社会，首先就要加大对他们的关注力度。只有尊重农民工的劳动，最大限度地保障他们的合法权益，才能构建和谐安定的社会政治局面，才能尽快消除城乡差别。

2008 年以来，劳动和社会保障局会同有关部门对使用农民工较多的建筑、劳动密集型加工等行业支付农民工工资情况开展专项检查，对严重拖欠农民工工资等违法行为进行严肃查处，督促用人单位依法经营，规范劳动用工管理，切实维护农民工合法权益。

这一阶段的社会保障制度改革注重城乡统筹发展，着力扩大覆盖面，以社会保险、社会救助、社会福利为基础，以基本养老、基本医疗、最低生活保障制度为重点，建立覆盖城乡居民的社会保障体系。同时，社会保障制度建设迈入了规范化和法制化的阶段。

在建立农民工社会保障制度的同时，中央也着力建设农村的社会保障体系。

2006 年，中央一号文件提出，要逐步加大公共财政对农村社会保障制度建设的投入。

根据调查，当时中国农村人口老龄化速度快于城市，而家庭养老功能日益弱化，传统的土地保障功能面临严峻挑战，农村社会养老保障制度亟待建立。

中国社会科学院社会学研究所副所长李培林说："建设社会主义和谐社会的内在要求是构建城乡结构的和谐。中国的特殊国情是城乡差距大、农村贫困人口多，因此，当务之急是建立起农村社会保障的基础框架。"

中央一号文件指出，要进一步完善农村"五保户"供养、特困户生活救助、灾民补助等社会救助体系。探索建立与农村经济发展水平相适应、与其他保障措施相配套的农村社会养老保险制度。

文件强调，要落实军烈属优抚政策。积极扩大对农村部分计划生育家庭实行奖励扶助制度试点和西部地区计划生育"少生快富"扶贫工程实施范围。有条件的地方，要积极探索建立农村最低生活保障制度。

广泛征求对保险法草案的意见

2008 年 12 月 28 日，《社会保险法（草案）》已经第十届全国人大常委会第三十一次会议、第十一届全国人大常委会第六次会议审议。

委员长会议决定，全文公布《中华人民共和国社会保险法（草案）》，广泛征求意见，以更好地修改、完善这部法律草案。这在社会上引起强烈反响，各地人民群众通过网络、报刊等媒体积极提出意见。

全国人大常委会办公厅在有关通知中指出，制定《社会保险法》，对完善社会保险制度、明确参保人员的权利义务、保障公民共享社会发展成果、促进社会和谐稳定，具有重要意义。全国人大常委会办公厅要求各有关方面高度重视、统筹安排、精心组织，确保公开征求意见工作的顺利进行。

根据全国人大常委会办公厅的具体安排，各省、自治区、直辖市人大常委会将负责征求、收集本地区全国人大代表和有关部门、法学教学研究等有关单位的意见，并于 2009 年 2 月 15 日前，将意见汇总送全国人大常委会法制工作委员会。

全国人大常委会办公厅希望社会各界人民群众就《社会保险法（草案）》广泛展开讨论，充分发表意见。

意见可寄送各省、自治区、直辖市人大常委会，也可直接寄送全国人大常委会法制工作委员会，或直接登录中国人大网提出意见。

截至 2009 年 1 月 12 日 16 时，全国人大常委会法制工作委员会共收到各地人民群众意见近 5 万条。

综合群众反映的情况以及提出的意见和建议，首先对《社会保险法（草案）》本身，群众意见认为，《社会保险法（草案）》是一项民心工程，纵观整个草案，可谓亮点纷呈，特别是养老保险逐步实行全国统筹的规定，顺乎民心、尊重民意，期盼能早日实现。

2009 年 3 月 5 日 9 时，十一届全国人大二次会议在人民大会堂开幕，国务院总理温家宝作政府工作报告。

就加快完善社会保障体系，温家宝在报告中指出：

一是推进制度建设，完善基本养老保险制度，继续开展做实个人账户试点，全面推进省级统筹。制定实施农民工养老保险办法。新型农村社会养老保险试点要覆盖全国 10% 左右的县（市）。出台养老保险关系转移接续办法。完善失业、工伤、生育保险制度。健全城乡社会救助制度。

二是扩大社会保障覆盖范围。重点做好非公有制经济从业人员、农民工、被征地农民、灵活就业人员和自由职业者参保工作。农村低保要做到应保尽保。切实加强社会保障基金监管，保证基金安全。

三是提高社会保障待遇。今明两年继续提高企业退休人员基本养老金，人均每年增长10%左右。继续提高失业保险金和工伤保险金标准。进一步提高城乡低保、农村五保等保障水平，提高优抚对象抚恤和生活补助标准。

大力发展社会福利事业和慈善事业。多渠道增加全国社会保障基金。中央财政拟投入社会保障资金2930亿元，比上年预计数增加439亿元，增长17.6%。地方财政也要加大投入。

人力资源和社会保障部部长尹蔚民2008年底刚刚进入新的角色，就遇到了突如其来的金融危机。610万毕业生，2000万返乡农民工，都成为压在这位新任部长心头的沉重数字。

尹蔚民说："我非常着急，心情也很沉重，因为我们压力非常大呀，从去年11月开始大批农民工开始失去工作岗位，开始提前比较集中地回到家乡，当时媒体用的词是返乡潮。我实事求是地讲，我心里很着急，但是我从来没用过返乡潮这个词，为什么，要坚定大家的信心。"

即将出台的新型农村社会养老保险政策把农民纳入养老保障体系，谈到具有历史意义的新农保，尹蔚民那张写满了理性和严谨的脸上露出了开心的笑容。

尹蔚民说，因为人力资源和社会保障部的工作与老百姓关系紧密，老百姓的期盼、社会的期待非常高，让他时时刻刻感受到了压力和工作的动力。

这位媒体眼中友善而又低调的部长，对媒体却一直十分关注。他说："无论是主流媒体、小报、网络，我关注的是大家对我们工作的反应。对就业的反应，社会保障的反应，收入分配的反应，天天都会有大量的反应，我关注主要是看大家一种倾向性的意见，当然这些意见如果对，那在我们制定政策的时候就应该去吸纳，去考虑。在工作当中，这是我掌握的一个原则，就是要关注群众的呼声，群众的意愿，这是一条。第二条，就是公平正义。我们所有的工作，在我们政策制定的环节当中，内在的体现是公平正义。"

随着人口老龄化、就业方式多样化和城市化的发展，企业职工基本养老保险制度依然存在覆盖范围不够广泛、个人账户没有做实、计发办法不尽合理等问题，中国正以全新的姿态加以改革和完善。

本书主要参考资料

《当代中国保险》《当代中国》丛书编辑部编 当代
    中国出版社

《养老保险基金——形成机制、管理模式、投资运
    用》李曜著 中国金融出版社

《21世纪社会保障系列教材》董克用 王燕著 中国人
    民大学出版社

《转折：亲历中国改革开放》吴思 李晨著 新华出
    版社

《中国改革开放史》程思远著 红旗出版社

《改革开放30年纪实》黄中平等著 人民出版社

《共和国的记忆》李庄主编 人民出版社

《中国的新革命》凌志军著 新华出版社